Satz/Layout: Magical Media
Titelgrafik: Catherine Cole, www.ccole.com
Made in Germany
ISBN 3-937357-10-6
www.bookspot.de

Angelika Stucke

Gute Motive

13 Mordgeschichten

BOOKSPOT

Für Chema

DAS MONTAGSKIND 8

DAS ALTER 16

DAS MOTIV 24

DER SCHLITZER 38

DER SPANNER 49

DER VERDACHT 57

DIE KUR 68

DIE MORDABSICHT 74

DIE RACHE DES HERRN 83

DIE SCHWESTERN 97

HANSI 105

HERBST 113

MÄNNERSACHE 120

DAS MONTAGSKIND

Ich bin ein Montagskind. Das ist mein Elend. Eigentlich hätte ich an einem Sonntag geboren werden sollen, so zumindest hatte das der Frauenarzt meiner Mutter ausgerechnet. Aber die war zu ängstlich - ich war ja ihr erstes Kind -, kniff immer wieder zu, hielt zurück, presste nicht genug. Da wurde es dann nach Mitternacht, bis mein Köpfchen endlich zu sehen war, und das Glück der Sonntagskinder hatte sich längst einen anderen Gefährten suchen müssen. Mich beehrt es relativ selten. Wahrscheinlich fühlte es sich damals verschmäht.

Wissen Sie, was das bedeutet, an einem Montag das Licht der Welt erblickt zu haben? Man trägt das ganze Leben einen Reinlichkeitswahn mit sich herum. In unserer Gegend ist der Montag nämlich der traditionelle Waschtag. Früher knatterten Montag für Montag ungezählte Reihen blanker Laken an Wäscheleinen im Wind. Heute gibt es ja Trockner, da merkt man das nicht mehr so, aber mein erster Blick auf die Welt war geprägt davon. Makelloses Weiß.

Schon als Kleinkind machte sich bei mir deshalb ein herausragender Hang zur Sauberkeit bemerkbar. Schmierte ich mir im Matsch die Hemden und Hosen voll, schrie ich wie am Spieß. Stets achtete ich darauf, fleckenlos gekleidet zu sein. Ich weiß gar nicht, wie ich die Jahre überstanden habe, in denen ich noch in den Windeln lag. Meine Mutter meinte immer, mein Greinen läge an Blähungen und pumpte mich mit Fencheltee voll. Ich glaube eher, es war der Ekel vor den Ausscheidungen meines Körpers auf meiner vor dem direkten Kontakt nur durch Penatencreme geschützten Haut. Später dann hasste ich es, Taschentücher zu benutzen. Die hübschen, oft bestickten Quadrate aus reiner Baumwolle mit Schnupfen zu beschmutzen war mir ein Gräuel. Zum Glück überfluteten bald preisgünstige Tempos den Markt.

Mein Trieb ließ mich früh zur Zielscheibe für den Spott meiner Spielkameraden werden. „Meister Propper“ nannten sie mich hinter vorgehaltener Hand. Heimlich war ich stolz auf diesen Beinamen. Er drückte alles aus, was ich im Leben zu sein anstrebte.

Einmal hatte ich dann doch großes Glück, das war, als ich von der Grundschule in die Realschule kam. Wir sollten das schönste Kind in unserer Klasse wählen. Natürlich rechnete sich besonders Sabine Maahrenholz viele Chancen aus. Mit ihren blonden Korkenzieherlocken und ihren blitzschwarzen Lackschuhen, die so schön knallten, wenn man sie zuerst zusammenstieß und dann ganz schnell wieder auseinander zog, sah sie aus wie Schörli Tempel. Sabine hatte nur einen Fehler, ihre Finger waren ständig mit Tinte verschmiert. Das kam davon, dass sie ihren Füller nicht ordentlich, nicht so wie ich, behandelte. Kurz und gut, es war eine absolute Neuheit, dass die 5a in jenem Schuljahr einen Jungen zum hübschesten Kind wählte, mich! Tagelang klimperte ich vor Glück und Stolz mit meinem 1. Preis: einem klappbaren Taschenspiegel mit Metallgehäuse. Er sollte meinen weiteren Lebensweg prägen.

Zu Hause musste ich den Spiegel verstecken, mein Vater hätte wenig Verständnis dafür gehabt. Er wollte mich zu einem richtigen Mann erziehen, und irgendwie passte meine Persönlichkeit nicht zu seinen Vorstellungen von einem ganzen Kerl. Der hatte von Montag bis Freitag das gleiche Paar Socken zu tragen, wusch sich höchstens am Sonnabend einmal und fiel in Zusammenkünften vor allem durch hingebungsvolles Popeln auf. Können Sie sich ein waschechtes Montagskind vorstellen, das in der Nase bohrt? Und noch dazu vor Publikum? Eben!

Mein Taschenspiegel begleitete mich durch die Schulzeit bis zum Realschulabschluss. Mit ihm war es mir möglich, meine heimliche Liebe, Gretchen Schwarzer, ungestört zu beobachten. Ich wählte immer einen Platz vor ihr im Schulbus und hielt meinen Spiegel dann so, dass sich ihr liebliches Gesichtchen darin reflektierte. Ich war fasziniert von Gretchen, weil sie so anders war.

Die Schwarzers waren eine Familie, die ihre Existenz am Rande dessen bestritt, was sich gehörte. Genau genommen waren sie gar keine Familie. Herr Schwarzer hatte Frau und Kinder nämlich schon vor Jahren sitzen lassen. Gretchen, mein Schwarm, war das jüngste Kind und sozusagen Schuld am Unglück ihrer Mutter. „Die war eine zu viel für den armen Jakob," raunten die Frauen im Dorf, wenn sie ihr begegneten. Selten kam Gretchen mit heilen, geschweige denn sauberen Sachen in die Schule. Manchmal, wenn selbst ihr Haar ungekämmt um ihren Kopf abstand, konnte ich meinen Blick gar nicht mehr von ihr abwenden. Selbst im Unterricht holte ich dann meinen Klappspiegel hervor und beobachtete sie heimlich. Ich konnte meinen Drang, aufzustehen und ihre Haare zu kämmen nur mit Mühe unterdrücken. Immer weniger achtete ich auf den Stoff, den wir im Unterricht durchnahmen. Plötzlich entwickelte ich mich von einem Streber, dessen Noten vor Sehr Guts nur so strotzten zum Schlusslicht der Klasse. Das durfte nicht sein. Ich war als Montagskind doch dazu auserkoren, mit leuchtendem Beispiel voranzugehen. Etwas musste geschehen! Nur wusste ich noch nicht, was.

Gretchen schien von meiner Not nichts zu spüren. Sie lachte, wenn die anderen sie hänselten, weil ihre Strumpfhose eine Laufmasche hatte. Kümmerte sich auch nicht weiter darum, wenn auf ihrem Kleid Suppenspritzer getrocknet waren, an denen noch Nudeln klebten. Diese dünnen Teigfäden ließen mich gar nicht mehr los. Es kribbelte mir unter den Nägeln. In der Mathematikstunde musste ich mich auf meine Hände setzen, alles, um nur nicht aufzustehen und die Nudeln von Gretchens Kleid zu pulen. Ich war so gestört, dass ich meinen Spiegel ganz offen zeigte. Statt den Erklärungen von Herrn Treber zu lauschen, gaffte und gaffte ich in meinen Spiegel, um nur den Blick auf die angetrockneten Suppeneinlagen nicht zu verlieren. Ich war wie besessen.

Ein ziehender Schmerz durchzuckte mich. Breitete sich von meinen vom Schlag geröteten Fingern langsam in meinem ganzen Körper aus. In der Klasse war es so still geworden, dass man eine Stecknadel hätte fallen hören können. Aber was da klappernd zu Boden fiel war keine Stecknadel, es war mein Schatz, mein vertrauter Freund, der Spiegel. Ohne ihn aufheben zu können, fühlte ich mich selbst am Ohr empor gezogen. Herr Treber zerrte mich bis vor die Tafel, beschmutzte dabei meinen Pulli mit Kreidestaub von seinen Fingern. Ich wand mich, wollte mich losreißen, aber mein Ohr war im festen Griff unseres Lehrers. In genau diesem peinlichen Moment schlug meine heimliche Liebe zu Gretchen in eine Woge heißen Hasses um.

Sie war an allem schuld! Wäre sie etwas achtsamer mit ihren Sachen, könnte ich heute noch auf die Auszeichnung ‚Bester Schüler der 10a' hoffen. Aber so wie die Dinge lagen, wurde ich stattdessen zum Gespött meiner Klasse, ja der gesamten Lindenauer Realschule.

Die kurze Pause verbrachte ich auf der Jungentoilette und versuchte, sämtliche Kreidespuren aus meinem Pullover zu entfernen. Das war nicht leicht. Er war aus dunkelblauer Wolle gestrickt und der weiße Staub hatte sich bis in die feinsten Maschen verkrochen. Ich schaffte es dennoch. Erst als ich wieder makellos war, fiel mir mein Spiegel ein. Ich schrieb es dem Schock über die plötzliche Beschmutzung zu, dass ich nicht eher an ihn gedacht hatte. Schnell stürzte ich zurück ins Klassenzimmer, obwohl uns das in den Pausen verboten war.

Da lag er, unter meinem Pult. Sein blank geputztes Gehäuse leuchtete im Sonnenlicht. Freudig nahm ich ihn auf, strich zärtlich über seine blitzenden Rundungen. Ich steckte ihn in meine Hosentasche und lief auf den Schulhof hinaus. Die Pause war fast zu Ende, schon klingelte es zum ersten Mal. Beim zweiten Mal hatten alle Schüler brav auf ihren Plätzen zu sitzen. Ich wollte nicht auffallen, nicht durch Ungehorsam jedenfalls. Aber ich musste doch nachsehen, ob mein Glück noch ganz war. Vorsichtig zog ich meinen Schatz aus der Hose, führte den Nagel meines rechten Daumens zwischen seine zusammengeklappten Hälften und öffnete ihn langsam. Fast entglitt er mir erneut. Da klaffte ein hässlicher Sprung inmitten seines verspiegelten Inneren. Ein Schnitt genau durch sein Herz. Ich fühlte einen stechenden Schmerz, ähnlich jenem, der mich durchzuckt hatte, als Lehrer Treber den Stock auf meine Finger hinunter hatte sausen lassen.

Dieser Spiegel war der einzige Beweis dafür, dass auch mir das Glück einmal hold gewesen war. Nun war er zerstört, nie wieder würde er so sein wie früher. Natürlich würde ich ihn weiterhin benutzen können, eine seiner Hälften war ja noch ganz, aber er würde mich stets an die Scham erinnern, an die Schande, mit kreidebeflecktem Hemd vor der ganzen Klasse gestanden zu haben. Ich hasste Gretchen in diesem Moment wie noch nie einen Menschen zuvor. Selbst meinem Vater, der mich manchmal zwang, die Socken vom Vortag zu tragen, brachte ich nicht eine solche Abscheu entgegen. Gretchens Unachtsamkeit ihrem Äußeren gegenüber verletzte mein Feingefühl weitaus mehr. Ich konnte das nicht länger dulden.

Wie viele Tage ich darüber nachsann, was ich tun sollte, weiß ich nicht mehr genau. Mein größtes Dilemma war meine Phobie jeglichem Schmutz gegenüber. Ich sagte ja schon, es ist mein Elend, an einem Montag geboren worden zu sein. Ein harmloser Lapsus meiner Mutter brachte mich schließlich auf die Lösung. Sie schickte mich in den Supermarkt und vergaß, mir eine Jutetasche mit zu geben. Obwohl sie doch sonst so genau auf die Ausgaben achtet. Mir blieb nichts anderes übrig, als eine Tragetasche aus Plastik zu erstehen, um alle Waren nach Hause zu tragen. Selbstverständlich half ich meiner Mutter auch noch beim Auspacken. Dabei fingerte ich mit der Tragetasche. Eine klein gedruckte Warnung fiel mir auf: Lassen Sie Kleinkinder nicht mit dieser Tasche spielen. Das war es, das war die Lösung!

Eine Woche später fand man Gretchens Leiche in den Auen vor Lindenau. Ihr im Leben so oft zerzaustes Haar war in zwei feine, völlig gleichmäßige Zöpfe geflochten. Ihr Kopf auf eine Plastiktüte gebettet. Bedeckt war sie nur mit einem völlig makellosen Leinentuch. Die Polizei tappte lange im Dunkeln, ehe der Fall zu den Akten gelegt wurde. Gretchen war offensichtlich erstickt worden, so viel stand fest. Aber ein Sexualmord war es nicht, auch das hatte man festgestellt. Es wurden viele Vernehmungen geführt, selbst wir Schüler mussten Aussagen machen. Ich wurde sogar zweimal auf das Präsidium gerufen. An die Fragen kann ich mich nicht mehr erinnern, dafür aber an eine Sekretärin, deren blütenweiße Bluse von einem Kaffeefleck verunschönert wurde. Dass das erlaubt war! Ich als ihr Vorgesetzter hätte sie längst zum Wechseln nach Hause geschickt. Aber die Menschen achten ja immer weniger auf Sauberkeit. Sehr zu ihrem Verhängnis.

DAS ALTER

„Das bin ich nicht!" Ungläubig halte ich die vier Passbilder in den Händen und starre immer wieder auf dieses Gesicht einer alten Frau. „Das kann ich nicht sein!" Diese Fremde mit meinen Gesichtszügen sieht aus wie 80. Ich bin doch erst 64! Für meinen neuen Ausweis habe ich die Fotos gemacht. Damit es schneller geht, gleich in einem Automaten. Ich weiß ja, dass diese Apparate nie besonders hübsche Bilder machen. Aber so viele Falten, wo kommen die her?

Alt bin ich also geworden, und habe es nicht gemerkt. Daheim bin ich ja ständig mit Waldemar beschäftigt. Seit er den Schlaganfall hatte, kann ich ihn doch kaum eine Minute aus den Augen lassen. Da komme ich gar nicht dazu, in den Spiegel zu gucken. Und jetzt das. Ich bin schockiert!

Mit zitternden Beinen gehe ich bis zu dem Bahnhofscafé und bestelle mir einen doppelten Espresso. Während ich auf den Kaffee warte, drehe ich den Streifen mit den vier Aufnahmen immer wieder zwischen meinen Fingern. Ich will nicht glauben, dass ich das bin, dass ich so aussehe, so alt!

Es kommt mir vor, als sei ich gestern erst mit Waldemar durch den Park geschlendert. Was haben wir für einen Spaß zusammen gehabt! Deshalb will ich ihn auch nicht weggeben. Wegen der schönen Erinnerungen. Wir sind seit über vierzig Jahren zusammen, das sind so viele wunderbare Augenblicke.

Es ist ja auch nicht so, dass er immer durcheinander ist. Manchmal erkennt er mich und ist ganz hell im Kopf. Aber meistens ist er es eben nicht. Das wächst mir über den Kopf. Jetzt, wo ich den Beweis sozusagen in den Händen halte, erkenne ich das genau. Ich kann mich nicht mehr um ihn kümmern. Ich gehe ja drauf dabei!

Ich muss ehrlich sein, zumindest mir selbst gegenüber. Die Kinder würden das nicht verstehen. „Ihr seid doch so ein tolles Paar, Mutti," sagen sie immer. Sie kommen höchstens mal ein paar Stunden vorbei, wenn sie es überhaupt so lange aushalten. Dann sind sie wieder weg, und ich stehe mit der Arbeit allein da. Dauernd habe ich Angst, dass Waldemar hinfällt, er ist ja so unbeholfen geworden. Stolpert ständig über seine eigenen Füße. Und wie ich allein ihn dann wieder hoch kriegen soll, das wissen die Götter.

Gestern war wieder so ein Tag, an dem mir alles zu viel wurde. Ich hatte ihn beim Friseur angemeldet. Seine Haare sind nämlich schon wieder einmal viel zu lang. Und er hatte auf dem Balkon gesessen und so getan, als blättere er in der Zeitung. Auf dem Kopf hielt er sie, und hat es nicht einmal bemerkt! Als ich ihn rief, damit er sich umzieht, da antwortete er: „Ich gehe so." Das muss man sich mal vorstellen: In der Badehose wollte er los. Die hatte er nämlich auf dem Balkon an, weil es so schwül war. Trotzig wie ein kleines Kind wurde er. „Ich ziehe mich nicht um!" schrie er. Das hat sogar Frau Lemberger im zweiten Stock gehört. Neugierig ist sie auf ihren Balkon gelaufen und hat sich über ihr Geländer gebeugt, um das ganze Drama genau mitzubekommen. Ich musste Waldemar am Arm ins Wohnzimmer zerren, so peinlich war sein Gezeter. Und wurde natürlich noch lauter, als ich an ihm zog.

Ich habe dann versucht, ihn umzuziehen, aber er hat sich gewehrt, als wolle ich ihm an den Kragen statt an die Badehose. Um sich geschlagen hat er. Bis ich dann nicht mehr konnte. Ich habe ihn in seiner Badehose stehen lassen, habe mich im Schlafzimmer auf's Bett gesetzt und mich erst einmal richtig ausgeheult.

Wenn ich daran denke, habe ich jetzt noch einen Kloß im Hals.

Endlich kommt der Espresso. Ich mache ihn mir ganz süß. Vier Stückchen Zucker werfe ich in die Tasse. Das hat mich immer schon getröstet, schon als Kind: eine Tafel Schokolade, ein paar Bonbons oder Kekse. Deshalb war ich auch nie schlank, eher immer etwas moppelig. Das hat mich manchmal gestört, aber dann habe ich mir gesagt: lieber etwas dicker, da kriegt man nicht so schnell Falten. Und jetzt sehe ich aus wie 80!

Ich liebe Waldemar. Aber der Mann, der bei mir in der Wohnung lebt, das ist er nicht. Ich habe immer zu ihm aufsehen können, ihn bewundert. Er sieht noch immer gut aus. Eigentlich ist er mit den Jahren immer attraktiver geworden. Das gibt es ja. Vor allem bei Männern. Er sieht ein ganz kleines bisschen so aus wie Paul Newman. Nur im Kopf, da stimmt es nicht mehr. Sein Schlaganfall war nicht wirklich schlimm. Er hat keine gelähmte Gesichtshälfte oder so etwas. Aber er ist durcheinander. Sein Gehirn bekommt nicht genug Blut überall hin, denke ich. Ich verstehe ja nicht viel von so medizinischen Dingen.

Wie ein Kind ist er oft. Das Traurige ist aber, mit Waldemar da wird es nicht besser mit der Zeit, das wird nur immer schlimmer werden. Ein Kind wird groß, da kann man froh in die Zukunft blicken, wenn man ihm den Hintern abputzen muss. Aber bei meinem Waldemar wird es nur von Tag zu Tag schlimmer. Ich weiß nicht, wie lange ich das noch aushalten kann.

Ich müsste mal raus. Das sagen auch die Kinder. Aber was wird dann aus Waldemar? Wohin soll ich ihn bringen, wenn ich eine Kur mache? In einem Heim, da behandeln sie ihn doch nicht gut genug. Ich habe das mal im Fernsehen gesehen, die ganz schlimmen Fälle, die schnallen sie sogar ans Bett fest, wenn es dem Personal zu viel wird. Das kann ich Waldemar nicht antun!

Tut der Kaffee gut! Ganz heiß und süß rinnt er mir die Kehle hinunter. Manchmal denke ich, das Beste wäre, es gäbe Waldemar nicht mehr. Er ist ja im Grunde genommen auch schon gar nicht mehr hier. Jedenfalls sein Geist, der schwirrt sonst wo rum. In anderen Gefilden. Von meinem Waldemar ist nur noch der Körper hier auf der Erde, die Hülle.

Wenn er sich so sehen könnte, das gefiele ihm nicht, da bin ich sicher. Er darf ja nicht rauchen. Das haben die Ärzte verboten. „Dann gelangt noch weniger Sauerstoff in sein Hirn," sagen sie. Aber geraucht hat Waldemar schon immer gern. Das ist aber auch das einzige Laster, das er hat. Er hat nie getrunken. Jedenfalls nicht so, dass er besoffen war. Hin und wieder einen Wein, oder im Sommer abends beim Grillen auch mal Bier und Schnaps. Aber nie so, dass er zu betrunken war. Nur das Rauchen, das konnte er nicht sein lassen. Ich habe ihn immer in den Garten geschickt, weil ich nicht wollte, dass es bei uns zu Hause verqualmt ist. Das hat er auch immer ohne Murren gemacht. Wenn es regnete, dann stellte er sich unter die Laube, damals, als wir noch das Haus mit Garten hatten. Jetzt lasse ich ihn auf dem Balkon rauchen. Aber nur zwei Zigaretten am Tag. Eine nach dem Mittagessen und eine abends.

Neulich habe ich dann entdeckt, warum er in den letzten Wochen immer darauf drängte, einmal allein um den Block zu gehen. Ich wollte erst nicht, weil er ja hinfallen könnte. Aber er hat so lange gequengelt, bis ich nachgegeben habe. Und dann bin ich ihm einmal nachgegangen und habe entdeckt, was er macht, wenn er allein um unseren Mietsblock schleicht: Kippen sucht er. Wie ein Penner bückt er sich nach ausgetretenen Zigarettenstummeln. Ich war so entsetzt, dass ich ihm bislang noch nichts dazu sagen konnte. Wenn er klar wäre im Kopf, dann würde er sich vor sich selber ekeln.

Ich bezahle den Kaffee und beschließe, noch ein bisschen zu bummeln. Das ist so lange her, dass ich mal Zeit hatte, in die Schaufenster zu gucken. Als es Waldemar noch gut ging, da sind wir öfter mal ins Zentrum gefahren. Das mochte ich so gern an ihm: er war immer gern mit mir zusammen. Andere

Männer lassen ihre Frauen allein den Einkauf machen, haben für Weiberkram nichts übrig. Mein Waldemar war da anders. Er trug mir die Tüten und hatte selbst Spaß daran, wenn ich zum zigsten Mal ein und dasselbe Kleid anprobieren wollte.

Er hat immer zu mir gehalten, hat mich nie im Stich gelassen und sich andere gesucht. Und jetzt weiß ich nicht, ob ich das auch kann, ob ich bis zum Ende bei ihm aushalten kann.

Mir wird alles zu schwer. Und wenn ich ehrlich bin, dann sollte ich über die Fotos nicht überrascht sein. Ich sehe nicht nur aus wie 80, ich fühle mich auch so. Ich bin einfach überfordert. Ich kann nicht mehr!

Manchmal zweifele ich sogar, ob ich Waldemar nicht schon damit im Stich lasse, dass ich nichts tue. Ich denke dann, er hätte das nicht gewollt, so zu leben. Nur ganz selten mal klar im Kopf zu sein, und ansonsten vor sich hin vegetieren. Er war immer so ein feiner Mensch! Nie ein lautes Wort und jetzt keift er, weil er in der Badehose nicht zum Friseur gehen kann. Das ist er nicht. Ich weiß nicht, wer das ist, aber mein Waldemar ist das nicht, ganz sicher nicht!

Ich will ganz ehrlich sein: Es ist nicht das erste Mal, dass ich denke, ich sollte ihm einfach ein paar Schlaftabletten in seinen Pfefferminztee mischen, den er immer zum Abendbrot trinkt. Schwarzbrothäppchen mit altem Gouda, das will er jeden Abend. Selber schmieren kann er sich die Brote nicht mehr. Das mache ich ihm. Und ich mache es gern. Er ist ja doch irgendwie noch mein Waldemar.

Selbst wenn ich ihn nicht mehr erkennen kann, jedenfalls seine Persönlichkeit. Von außen hat sich nichts geändert. Er sieht aus wie immer. Besser als ich allemal! Wahrscheinlich denken die Leute, ich sei seine Mutter, wenn ich ihn durch den Park schiebe. Dafür haben wir jetzt einen Rollstuhl bekommen. Er kann ja noch laufen, aber mit dem Stuhl, das ist sicherer.

Nur was wird dann aus mir, wenn ich das mit den Tabletten mache? Ich möchte nicht ins Gefängnis kommen. Denn selbst wenn ich sagen würde, ich wäre zerstreut gewesen, würde ich immer noch wegen fahrlässiger Tötung zur Rechenschaft gezogen werden. Das geht nicht.

Es müsste irgendwie wie ein Unfall aussehen. Vielleicht hilft der Rollstuhl? Ich könnte doch mit dem Rollstuhl einen Unfall haben. Er könnte mir da, wo die Berliner Straße so abschüssig wird, aus den Händen gleiten. Am besten vormittags, wenn der Berufsverkehr vorbei ist. Denn bei dem stop and go, da wäre der Aufprall nicht heftig genug. Und wenn, dann soll Waldemar auch wirklich ganz gehen. Da muss ich schon warten, bis die Autos wieder rasen. Und an der Berliner Straße rasen sie ja wirklich gern. Wie oft höre ich die Sirenen, weil wieder ein schlimmer Unfall passiert ist.

Dass ich das absichtlich mache, das wird keiner glauben. Bestimmt nicht. Dafür liebe ich Waldemar zu sehr. Das kann jeder bestätigen. Dass mein Waldemar mich eigentlich schon lange verlassen hat, weiß ja keiner.

Mir geht es schon viel besser. Ich nehme die hässlichen Fotos und zerknittere sie. An einem Papierkorb bleibe ich stehen und zerreiße sie in lauter kleine Stücke. Wenn Waldemar erst einmal die Berliner runtergefahren ist, dann mache ich eine Kur. Und meinen Ausweis, den beantrage ich dann eben erst, wenn er schon abgelaufen ist. Mit neuen Fotos. Auf denen ich dann wieder aussehe wie ich. Ohne Waldemar.

DAS MOTIV

Das rote Auto war irgendwie merkwürdig geparkt. So nah am Bach, als ob es ins Rutschen gekommen wäre und nur wie durch ein Wunder kurz vor der steilen Böschung zum Halt gekommen war. Seine Schnauze hing gefährlich weit über die felsigen Ufer des Nonnenbachs. Beide Türen standen offen. So ließ doch kein Spaziergänger seinen Wagen stehen. Ich hatte eigentlich noch eine halbe Stunde in meinem endlich gefundenen Rhythmus weiterjoggen wollen, aber das komisch abgestellte Fahrzeug weckte meine Neugier. Vielleicht war ja doch jemand ins Wasser gerutscht und brauchte nun Hilfe.

Der Bach war für gewöhnlich kein gefährliches Gewässer, aber nach dem beständigen Dauerregen der letzten Tage drängten sich nie gesehene Fluten zwischen seinen Ufern. Das konnte unvorsichtigen Wanderern schnell zum Verhängnis werden. Schon von weitem war ungewohnt heftiges Gurgeln zu hören. Es hatte mich zunächst irritiert, weil ich es nicht gleich erkannte. Das Rauschen der wild ins Tal stürzenden Wassermassen mischte sich unter die quaddernden Laute, die meine Turnschuhe auf dem feuchten Waldboden verursachten. Ich hinterließ eine schnell wieder verschwindende Spur winziger Tümpel. Überall tropfte es von Ästen und Zweigen. Schon seit Tagen roch der ganze Wald modrig.

Ich kam oft hier vorbei, aber so hatte ich den Nonnenbach noch nie gesehen. Neugierig blickte ich in das offene Auto. Merkwürdig, sogar der Schlüssel steckte noch. Plötzlich beschlich mich ein ganz komisches Gefühl. Ich bin eigentlich kein Angsthase, aber so allein im Wald, bei einem offensichtlich in Eile verlassenen Wagen, wurde mir mulmig.

„Hallo!“ rief ich zögernd in Richtung der Kiefernschonung, die am anderen Ufer des Baches begann. Ich selbst stand unter hoch gewachsenen Buchen, da konnte sich niemand gut verstecken, aber unter den dunklen Nadelbäumen war das etwas anderes. Vielleicht saß da ja jemand und beobachtete mich? Furcht schlug ihre Krallen wie ein Raubtier in meine Seele.

Ich räusperte mich. „Hallo, ist da wer?“ rief ich nun etwas lauter. Wenigstens meiner Stimme sollte man die Angst nicht anmerken können. Ich lauschte angestrengt, aber alles, was ich hören konnte waren die ständigen Tropfen, die um mich herum fielen. Plötzlich meinte ich ein Knacken von dicht hinter mir zu vernehmen. Schnell drehte ich mich um. Ein Eichelhäher schrie und flog dann über die Wipfel der Buchen hinweg. ‚Die Polizei des Waldes‘ hatte mein Vater diese Vögel genannt. Sie warnen angeblich alle Tiere vor Eindringlingen. Aber in diesem Fall war ich wohl selbst der Eindringling, vor dem der Häher warnen wollte. Dann war wieder alles ganz still.

Was sollte ich nur tun? Die ganze Sache kam mir sehr sonderbar vor. Vielleicht lief ich doch besser zurück nach Escherding und benachrichtigte zumindest den Förster. Den musste das doch interessieren, wenn da ein verlassenes Fahrzeug in seinem Revier stand. Es war ja sowieso verboten, mit Privatwagen in den Wald zu fahren. Nur Forstfahrzeuge dürfen die Schotterwege benutzen, das steht doch dick und fett unter den runden, roten Verbotsschildern.

Gerade wollte ich loslaufen, da hörte ich es. Ganz dünn, von weit weg und wie mit vorgehaltener Hand gerufen: „Hilfe!" Ich konnte nicht genau ausmachen, von wo die Stimme kam. Es war ein Kind oder eine Frau, die da rief. „Ja, hallo! Wo sind Sie denn?" Ich rief jetzt so laut ich konnte. Wahrscheinlich versuchte ich, gegen meine innere Unruhe anzuschreien. Erst war wieder alles still. Die Minuten vergingen. Ich dachte schon, ich hätte mir den ersten Ruf nur eingebildet, dann hörte ich es wieder: „Hilfe!", so schwach, als wäre die betreffende Person schwer verletzt.

Diesmal hatte ich zumindest die Richtung bemerkt, es kam tatsächlich aus der Schonung vom anderen Ufer. Wie sollte ich denn nur den Nonnenbach überqueren? Um Hilfe zu holen war es vielleicht schon zu spät, ich konnte doch jetzt nicht bis zum Forsthaus zurückjoggen, wenn unter den Kiefern vielleicht jemand im Sterben lag.

Mein Herz schlug mir bis zum Hals. Vorsichtig näherte ich mich dem Rand der Böschung. Überall wuchsen Brombeerranken. Dazwischen blitzte der nackte, rissige Fels auf. Ich lehnte mich so weit es ging über die Ranken. Der Bach sah gefährlich aus. Schäumend schoss er gegen hervorstehende Steine, unterspülte Wurzeln, er war zu einem richtigen

Wildwasser geworden. Da würde ich nie mit heiler Haut rüberkommen.

Ich schaute mich um. Nicht weit bergauf war eine Buche vom Sturm umgerissen, die bildete fast so etwas wie eine natürliche Brücke. Da müsste ich mühelos über das Wasser kommen.

Der Stamm des großen Baumes war so unglücklich gefallen, dass seine Nordseite nach oben zu liegen gekommen war. Sie war über und über mit glitschigem Moos bewachsen. Vorsichtig balancierte ich dem anderen Ufer entgegen, setzte Schritt um Schritt nur zögernd, wie eine Seiltänzerin, und erst, nachdem ich die Borke auf ihre Glitschigkeit hin geprüft hatte.

Es kam mir vor, als bräuchte ich Stunden, um allein zur Mitte des Nonnenbaches vorzudringen. Seit dem letzten, halb erstickten Ruf hatte ich nichts mehr gehört. Ob die Frau wohl noch lebte?

Ich war zu dem Schluss gekommen, dass es eine Frau sein musste, ein Kind konnte schließlich nicht mit dem Auto gekommen sein. Die Person war offensichtlich allein, denn sonst wäre sicher schon Hilfe da. Aber warum standen beide Türen des Wagens offen?

Vor der Schonung blieb ich stehen. „Hallo! Wo sind Sie?“. „Hier! Hilfe!“ kam es zittrig aus dem Dickicht tief hängender Kiefernzweige. Ich musste da rein, mitten in den dunklen Wald, der etwas Bedrohliches ausströmte. Die Zweige kratzten mir über Hände und Wangen, verfingen sich in meinen langen Haaren. Die hatte ich zwar zu einem Pferdeschwanz am Nacken gebunden, aber geflochtene Zöpfe wären hier besser gewesen.

Es war dunkel unter den Kiefern. Ich musste mich bücken, um überhaupt vorwärts zu kommen. Hin und wieder rief ich nach der Frau. Sie antwortete jetzt immer noch wie erstickt aber doch mit so etwas wie Hoffnung in der Stimme. Und plötzlich sah ich sie: ein Bündel Mensch, völlig zusammengeschnürt. Über Kopf und Rumpf hatte ihr jemand einen Sack gestülpt, so einen wie er früher auf dem Feld bei der Kartoffelernte zum Einsatz gekommen war: braun und locker genug gewebt, dass man hindurchschauen konnte. Ihre Hände waren auf dem Rücken mit einem dicken Strick zusammengebunden. Ihre Beine lagen in einer Senke unter trockenen Kiefernnadeln begraben.

Sie zuckte zusammen, als ich ihre Schultern berührte. „Keine Angst, haben Sie keine Angst," flüsterte ich behutsam, während ich versuchte, die Knoten, die den Sack mit ihren Fesseln verbanden, zu lösen. „Ist er noch hier? Er muss noch irgendwo hier sein!" Panik klang aus ihren Worten, übertrug sich auf mich. Um Gottes Willen, wenn der, der die Frau so verschnürt hatte, nur auf mich gewartet hatte? Nervös fummelte ich an dem dicken Strick. Meine Finger waren von der Nässe und Kälte völlig klamm. So würde ich die Frau nie befreien können. „Ist er noch hier?" flüsterte sie wieder. „Keine Angst, seien Sie ganz ruhig. Niemand ist hier außer mir." Ich sprach entgegen meiner Furcht laut und mit fester Stimme. Sollte sich der Verrückte noch in der Nähe herumtreiben, sollte er wenigstens nicht die Genugtuung haben, meine Angst zu spüren. Keine Furcht zeigen ist in der Wildnis das oberste Gebot, das hatte mir mein Vater von klein auf beigebracht.

Der Gedanke an meinen Vater beruhigte mich. Das war schon früher so gewesen. Wenn ich abends allein im Bett lag und mich vor Hexen oder Drachen fürchtete, hatte ich nur an meinen Vater denken müssen, und alles war gut. Ich bin ohne Mutter aufgewachsen, eine unaufhörliche Flut unertragbarer Kindermädchen hatte mich betreut, während mein Vater auf Reisen war. Wenn er daheim war, verbrachte er jede freie Minute mit mir. Übertrug seine Liebe zur Natur auf mich. Bläute mir Grundregeln ein, wie die, nie ohne Taschenmesser in den Wald zu gehen.

Das war's, das Taschenmesser! Warum war ich nur nicht früher darauf gekommen? Jetzt war der dicke Strick überhaupt kein Problem mehr!

Ich schnitt die Fesseln durch, zerrte den Sack weg und blickte der Frau zum ersten Mal ins Gesicht.

Sie sah jung aus. Jung und unglaublich zerbrechlich. Ihr linkes Auge war hinter blau und rot gefärbten, völlig verquollenen Lidern verschwunden, unter der Nase klebte angetrocknetes Blut. Mit dem rechten Auge betrachtete sie mich furchtsam. Sie wirkte wie ein in die Falle gegangenes Rehkitz.

„Können Sie sich bewegen? Sind Ihre Arme und Beine in Ordnung?“ Ich tastete sie ab. Es schien alles ganz zu sein, keine Brüche jedenfalls. Wahrscheinlich litt sie nur unter Durchblutungsstörungen. So verschnürt wie ich sie gefunden hatte, musste ihr ja jegliches Gefühl in den Gliedmaßen abgestorben sein.

„Sind Sie in Ordnung?" fragte ich sie noch einmal. Sie blickte mich immer noch starr aus ihrem rechten Auge an, so als verstehe sie nicht, was ich sagte.

Ganz ohne Vorwarnung begann sie plötzlich zu schluchzen. Ihr ganzer Körper schüttelte sich unter einem wilden Heulkrampf. „Er wollte mich umbringen! Er hätte mich hier einfach liegen lassen!"

Es ist immer wieder unglaublich, wozu Menschen in der Lage sind. Da reicht es schon, einfach nur die Nachrichten zu gucken. Aber wenn einem selbst die Bestie im Menschen begegnet, von Angesicht zu Angesicht, das ist mit nichts zu vergleichen. Es ist furchtbar. Es raubt jede Basis. Alles, woran man je geglaubt hat, verschwindet. Oft sogar für immer.

Ich versuchte, die junge Frau zu beruhigen. „Ist ja gut, alles ist gut!" So wie man ein Kind besänftigt, das schlecht geträumt hat. Dabei wusste ich nur zu gut, dass nichts in ihrem Leben für diese Frau je wieder gut sein würde. Die Erinnerung würde sie jagen, wie hungrige Wölfe ihre Beute hetzen. Sie würde aus dem Hinterhalt auftauchen, in Momenten, in denen sie sich schon in der Sicherheit des Vergessens wiegte. Nirgendwo auf der Welt würde sie sich vor dem einmal Erlebten verstecken können. Von nun an trug sie es in sich, wie man ein Brandmal auf der Haut trägt. Ein Leben lang.

Sie hieß Maria Klingeberg und war 19 Jahre alt. Fast noch ein Kind. Ihr Freund hatte sie so zugerichtet, weil er nicht wahrhaben wollte, dass sie sich in einen anderen verliebt hatte. Gestern Abend hatte sie ihm offenbart, dass sie ihn verlassen würde. „Er war ganz ruhig gewesen," erzählte sie, während ihre dünnen Finger sich an die Tasse mit heißem Kaffee klammerten, die vor ihr auf dem Tisch stand.

Irgendwie hatte ich es geschafft, sie über die vom Sturm gefällte Buche zu bringen. Der Wagen sprang nicht gleich an. Erst nachdem ich die Zündkerzen herausgenommen und getrocknet hatte, hatten wir bis Escherding fahren können. Ich hatte es für besser gehalten, sie zu mir zu bringen, wo sie baden und einen meiner alten Trainingsanzüge anziehen konnte. Zur Polizei hatte sie nicht gewollt. Das konnte ich gut verstehen, für die waren Frauen doch immer selbst schuld an ihrem Unglück.

„Wissen Sie, ich hatte solche Angst gehabt, ihm zu sagen, dass ich nicht bei ihm bleiben wollte, weil er immer so aufbrausend war. Er tickte doch schon jedes Mal völlig aus, wenn er sich nur einbildete, ich schaue einen anderen an. Und gestern blieb er so ruhig. Das war mir ganz unheimlich."

Sie hatte ihren Freund gegen zehn Uhr nachts verlassen und war nach Hause gegangen. Sie teilte sich eine Wohnung mit zwei Freundinnen, die aber beide verreist waren. Gegen drei Uhr war sie wach geworden. Sie hatte zunächst nicht gewusst, was sie geweckt hatte, tastete im Dunkeln nach dem Schalter der Lampe, als er sich auf sie stürzte. Er hatte sie bewusstlos geschlagen, und sie dann mit dem Sack über ihrem Kopf in den Kofferraum seines Autos gelegt. Stundenlang litt sie Todesangst, während er mit dem Wagen durch die Gegend fuhr. Schließlich war das Fahrzeug zum Stehen gekommen. Er hatte sie in die Kiefernschonung geschleppt und dort liegen lassen. Wie sie über den Bach gekommen waren, wusste Maria nicht mehr.

„'Hier kannst du verrecken', hat er geschrien." Tränen flossen ihr über das misshandelte Gesicht, während sie mir die ganze traurige Geschichte erzählte. Natürlich war ich entsetzt, obwohl solche Gewalt mir nicht wirklich neu war. Ich hatte sie selbst einmal zu spüren bekommen. Aber das liegt schon so lange zurück, dass es mir wie aus einem anderen Leben vorkommt.

„Ich habe solche Angst! Wenn er erfährt, dass Sie mich gerettet haben, dass ich am Leben bin, wird er uns beide verfolgen." Maria zitterte, während sie an die Zukunft dachte. „Der ist nicht normal, der kann mich nicht gehen lassen. Irgendwann wird er mich finden und dann?"

Marias Worte beschäftigten mich noch, als sie endlich eingeschlafen war. Ich hatte mein Bett für sie bezogen. Ich selbst lag auf dem Sofa und starrte ins Dunkel.

Angst ist ein schlechter Ratgeber. Man verliert die Kontrolle, begeht Fehler. Ich wollte mich nicht von einer drohenden Gefahr beeinflussen lassen. Und doch spürte ich sie, hatte sie schon im Wald gespürt, noch bevor ich Maria gefunden hatte. Es gab wenig Chancen für die zierliche Maria. Der

Freund hatte bislang kaum eine Strafe zu erwarten. Schließlich hatte er Maria nicht umgebracht. Noch nicht. Im schlimmsten Fall würde ihm verboten werden, sich Maria zu nähern. Und wer wollte das kontrollieren? Wer konnte dem hungernden Wolf verbieten, das hilflose Kitz zu reißen? Norbert Niemeyer, so hieß der Freund, hasste Maria. Er wollte Genugtuung. Musste sie vernichten, um sein Ego zu stärken. Er würde nie von ihr loslassen. Hass ist ein beißender Hunger, der nie vergeht.

Die Stunden verstrichen. Ich lauschte dem Ticken der Wanduhr, hörte die Glockenschläge, die zu jeder vollen Stunde vom Kirchturm erschallten. Das Messen der Zeit gaukelt uns vor, die Gegenwart unter Kontrolle zu haben. Dabei gibt es gar keine Gegenwart. Das Jetzt zerrinnt noch in dem Moment, in dem wir es denken. Alles ist Erinnerung oder Hoffnung. Aber manchmal lässt die Erinnerung die Hoffnung nicht zu.

Ich hatte meinen Entschluss gefasst. Es war der einzige Ausweg. Zumindest für Maria. Mit etwas Glück vielleicht auch für mich. Vielleicht würde ich dann endlich vergessen können.

Am nächsten Morgen weckte ich Maria sehr früh. Niemand hatte uns am Abend kommen sehen, und niemand sollte uns wegfahren sehen. Das rote Auto hatte die Nacht über in meiner Garage gestanden. Nach Escherding zurück würde ich den Bus nehmen. Ich brachte Maria nach Hause. Von meinem Plan erzählte ich ihr nichts. Sie solle versuchen, so normal wie möglich weiterzumachen, sagte ich ihr. „Norbert wird dich vergessen, glaub mir, der hat sich schon längst eine andere gesucht. Das Beste ist, du vergisst ihn auch. Vermutlich tut ihm sein Verhalten schon Leid.“ Bewusst log ich sie an. Ich wusste, dass Männer wie Norbert Gewissensbisse nicht kannten. Eines musste ich Maria noch einschärfen, ehe ich sie verließ: „Vergiss mich! Du hast mich nie gesehen, kennst mich nicht! Wenn du mit jemand über das, was passiert ist, sprechen musst, dann sag: der Knoten war nicht fest genug, und du hast dich selbst befreien können. Bist dann direkt nach Hause gefahren. Hörst du? Du weißt nicht, wer ich bin!“ Sie nickte. Nickte noch immer, als ich schon die Treppen des Mietshauses hinunterlief. Vermutlich glaubte sie, ich hätte wie sie Angst vor Norberts Rache.

Maria Klingeberg lebte in einer traurigen Gegend. Hillersfeld hatte sich einen hübschen Stadtkern bewahrt. Es war vermutlich zu unbedeutend für eine Bombardierung gewesen. Aber die Sünden der siebziger Jahre hatten auch in dieser Kleinstadt Narben hinterlassen. Der Block, in dem Maria wohnte, war wohl die hässlichste unter ihnen. Es würde leicht sein, sie unbemerkt zu beschatten. Viele Wohnungen standen leer.

Ich rief über Handy bei meiner Firma an und nahm eine Woche unbezahlten Urlaub. In einer Dreizimmerwohnung mit Blick auf Marias Hauseingang richtete ich mich ein. Die Tür vom Treppenhaus aus aufzubrechen, war leicht gewesen. Niemand hatte es bemerkt. Es war ein so einfaches Schloss. Strom gab es nicht, dafür aber Wasser. Ich nahm das als gutes Omen. Jäger sollten ihr Lager immer am Wasser aufschlagen, das hatte mein Vater mir beigebracht. Und ich war auf der Jagd.

Wie lange würde Norbert wohl brauchen, bis er merkte, dass Maria noch lebte? Wahrscheinlich hatte er längst seinen Wagen abholen wollen und gemerkt, dass der weg war. Nur Maria konnte ihn aus dem abgelegenen Wald gefahren haben.

Ich hatte den roten Kleinwagen vor Marias Haus geparkt und die Schlüssel stecken lassen. Er vergrößerte zwar die Gefahr für sie etwas, aber ich brauchte ihn. Er war der Köder für mein Wild.

Ich musste nicht lange warten. Schon in der Dämmerung sah ich ihn. Er schlenderte über den Gehweg, als gehöre ihm die Welt, ging direkt auf das Auto zu, öffnete die Tür, setzte sich hinein und fuhr weg. Nun wusste ich, wie Norbert Niemeyer aussah.

Auf der Lauer liegen ist das Schwerste an der Jagd. Man darf keinen einzigen Augenblick die Konzentration verlieren. Ich blickte durch das Nachtfernrohr auf den Hauseingang gegenüber. Er kam nicht. Die Sekunden verstrichen, wurden zu Minuten, zu Stunden. Angestrengt behielt ich mein Revier im Auge. Erst als Maria am nächsten Morgen zur Arbeit ging, gönnte ich mir ein paar Stunden Schlaf. Ich aß trockene Kekse und machte mir auf einem Campingkocher Kaffee. Ich war gut ausgerüstet und geduldig.

Die nächsten Nächte verliefen ähnlich. Nichts tat sich. Norbert kam nicht. Aber ich wusste, dass ich mich in ihm nicht täuschte. Er würde wieder zuschlagen. Vermutlich spät in der Nacht und im Suff.

Am Donnerstagabend beschlich mich eine ganz eigenartige Vorahnung. Angespannt spähte ich die Straße hinunter. Dann sah ich ihn. Er parkte den roten Wagen etwas entfernt und torkelte am Bordstein entlang. Das war gut. Der Alkohol würde seine Reaktionsfähigkeit beeinträchtigen. Ich stürzte die Treppen hinunter, schlich lautlos bis hinter die Hecke an Marias Hauseingang. Als Norbert sich mit einem Dietrich an der Tür zu schaffen machte, griff ich zu. Ich glaube, die Schlinge lag so schnell um seinen Hals, dass er gar nicht merkte, was los war. Erbarmungslos zog ich zu.

Ihn bis in die Dreizimmerwohnung zu schleppen war anstrengend. Ich keuchte, als ich Norbert endlich dort auf dem billigen Stragulafußboden ablegte. Ich verschnürte ihn ähnlich, wie er das mit Maria getan hatte. Man muss von seinen Feinden alles lernen, was man kann, hatte meinVater immer gesagt. Nur den Mund stopfte ich ihm besser. Er würde nicht schreien können. Niemand würde ihn hier retten. Es gab keine Jogger, die zufällig an leeren Dreizimmerwohnungen vorbeikamen. Wenn man ihn, oder das, was bis dahin von ihm übrig sein würde, irgendwann einmal finden würde, würde Norbert Niemeyer, da war ich mir absolut sicher, die Liste der nie geklärten Morde bereichern.

Sorgfältig entfernte ich sämtliche Spuren. Bevor ich die Wohnungstür endgültig hinter mir ins Schloss zog, warf ich noch einen Blick auf das

Bündel Mensch. Er tat mir nicht leid! Nicht ein bisschen!

Dann nahm ich den ersten Bus nach Escherding. Wie freute ich mich auf ein entspannendes, warmes Bad! Niemand würde mich je mit dem Tod von Norbert in Verbindung bringen, da war ich mir sicher. Unsere Wege hatten sich nie gekreuzt. Wir hatten uns nicht gekannt. Seiner Ex-Freundin Maria hatte ich nicht einmal meinen Namen genannt. Sie wusste, wo ich wohne, aber selbst sie würde mich nicht mit dem Mord in Verbindung bringen. Ich hatte ja gar kein Motiv!

DER SCHLITZER

Der Winter ist dieses Jahr ungewöhnlich mild. Es ist Mitte Januar, da gab es noch nie so viele Insekten. Ich scheuche ein paar lästige Fliegen weg. Wie ich das hasse, dieses bsss direkt am Ohr. Ich frage mich immer, wie das die Pferde wohl aushalten, wenn sie mit gesenkten Köpfen auf der Weide stehen, und die Brummer sich direkt an ihren Augen niederlassen. So als wollten sie an der Tränenflüssigkeit der Pferde ihren Durst löschen.

Es ist so warm, dass Mensing seine Gretel noch immer an der Alten Sieke nach frischen Grashalmen suchen lässt, statt sie im Stall jeden Tag mit einer wohlverdienten Ration Hafer zu erfreuen.

Immer, wenn ich bei meinen täglichen Spaziergängen am Gatter Halt mache, kommt Gretel angetrabt. Auf dem Land ist es fast leichter, mit den Tieren Freundschaft zu schließen als mit den Menschen. Gretel vertraut darauf, dass ich Möhren oder Äpfel für sie in meiner Jackentasche aufbewahre. Das habe ich auch heute.

Trotzdem ist irgendetwas anders. Statt wie gewöhnlich ihr weiches Maul über den letzten Balken des Gatters zu strecken, steht Gretel am äußersten Ende der Weide und will gar nicht kommen.

Ich locke sie mit Zungenschnalzen. „Gretel, Gretelchen, nun komm doch!“ Mein Rufen scheucht nur ein paar Krähen auf. Ihr beleidigtes Krächzen entfernt sich in Richtung Helmenser Wald.

Selbst, als ich die längs geschnitzten Möhren aus meiner Tasche ziehe, bleibt Gretel am anderen Zaunende. Sie wittert nur ein bisschen in meine Richtung, bleibt aber dicht an den Zaun gedrängt. Sie hat Angst. Das sehe ich jetzt ganz deutlich. Ab und zu wirft sie den Kopf hoch, ihre Augen sind dabei weit aufgerissen. Auf ihrem Fell sind weiße Spuren angetrockneten Schweißes zu sehen.

Vermutlich hat sie vergeblich versucht, zu fliehen und ist jetzt völlig verausgabt. Pferde sind Flüchter, bei Gefahr laufen sie am liebsten in ihren Stall; selbst wenn der brennt. Aber Gretel ist zu alt, über den hohen Zaun setzen kann sie nicht mehr.

Jetzt sehe ich auch ganz deutlich, wie sehr sie zittert. Ihre Unruhe überträgt sich auf mich. Sie beschleicht mich ganz allmählich, umrundet mein Herz wie ein Wildtier seine Beute. Plötzlich wird mir klar, wie weit es von hier bis zum Dorf ist, wie einsam die Pferdeweide liegt. Ich fühle, wie mein Herz bis in den Hals zu klopfen beginnt. Tock-tock, tock-tock, immer schneller.

Bilder von aufgeschlitzten Pferdekadavern drängen sich in mein Bewusstsein. War das nicht erst letzten Sommer gewesen? In Helmensee, gar nicht so weit weg von hier.

Am liebsten würde ich weglaufen. Rennen. So schnell ich kann. Bis ins Dorf. Aber Gretel allein lassen? Wenn der Schlitzer vielleicht schon hinten am Waldrand lauert?

Wieder diese lästigen Fliegen! Es werden immer mehr, je näher ich der Pferdetränke komme. Quer durch die Weide plätschert ein winziges Rinnsal von Bach, das Mensing, vielleicht sogar schon sein Vater, zu einer Tränke gestaut hat. Um diese Tränke herum wachsen Haselnussbüsche, Hagebuttensträucher und Brombeerranken. Sie alle recken ihre Äste und Zweige völlig nackt in den Winterhimmel.

Ich muss über den Bach, wenn ich Gretel mit ins Dorf führen will. So schmal wie er ist wäre das kein Problem, hätte es die letzten Tage nicht so viel geregnet. Das Land direkt am Bachufer ist ein einziger Matsch, Gretels Hufe haben hier Spuren hinterlassen, die voll Wasser gesaugt sind. Minipfützen, dicht an dicht. Wenn ich nicht im Schlamm stecken bleiben will, muss ich über die Steine an der Tränke.

Fast habe ich es geschafft, als ich aus dem Augenwinkel heraus etwas in den Brombeerranken hängen sehe, direkt über dem Wasserlauf. Es sieht aus wie eine dieser Fratzen, die die Kinder im Herbst aus Zuckerrüben oder Kürbissen schnitzen. Ich kneife die Augen zusammen, um es besser erkennen zu können. Ein lippenloses Grinsen grüßt mich. Ich fange an, zu schreien!

Wie ich es bis ins Dorf geschafft habe, daran kann ich mich nicht erinnern. Ich sitze bei Helmut Barns auf dem Sofa, vor mir ein dampfender Tee. Vermutlich mit einem ordentlichen Schuss Rum drin. Hier auf dem Land glauben die Leute noch, dass Alkohol ein Heilmittel ist.

Ab und zu rauschen Polizeiwagen vor dem Fenster vorbei. Durch die vergilbten Gardinen kann ich sie nur an ihrem Blaulicht erkennen. Barns' Stube riecht wie eine jahrelang ungelüftete Kneipe. Trotzdem ist es tröstlich, hier zu hocken. Es lenkt mich ab. Ich lasse meinen Blick über den Wohnzimmerschrank schweifen und weiß endlich, wer den Nippes aus Billigporzellan kauft, der bei Göttgens unter Geschenkartikeln geführt wird. Göttgens ist der einzige Laden im Dorf. Bei Edgar Göttgens gibt es dauerhaft haltbare Lebensmittel für den Notfall, wenn man mal was beim Einkauf im Supermarkt vergessen hat, Schreibwaren, Süßigkeiten und den Firlefanz, der anscheinend genau Helmut Barns' Dekorationsgeschmack trifft.

Auf jedem freien Regal stehen schmächtige Balletttänzerinnen einträchtig neben röhrenden Hirschen und wiehernden Pferden. Ein Turteltaubenpaar entdecke ich auch noch, es ist gänzlich aus Muscheln gearbeitet. ‚Erinnerung an Harsumer Siel' steht darauf. Ob Barns das selber gekauft hat, oder ob er ganz einfach zu viele Freunde mit schlechtem Geschmack hat?

Ich kenne Helmut Barns fast ausschließlich vom Grüßen auf der Straße. Es ist noch nicht lange her, dass ich nach Eddigsen gezogen bin. Vor etwas über einem Jahr, kurz vor Weihnachten, habe ich ein kleines Haus am anderen Ende des Dorfes gekauft. Es ist ziemlich heruntergekommen, aber Raum für Raum richte ich es mir her. Telefon habe ich noch nicht, „das kann dauern" meinen die Einheimischen. Es gab nämlich noch nie eine Leitung bis zur Mühle. Die Telefongesellschaft muss erst einen Anschluss legen, so richtig mit Kabeln in der

Erde, nicht einfach nur eine schon bestehende Leitung freischalten. Dafür lässt sie sich natürlich Zeit, denn richtig Geld verdienen kann sie mit mir nicht. Ich behelfe mich derweil mit einem Handy. Eigentlich hasse ich diese Dinger. Deshalb liegt meins auch mit vollständig entladener Batterie im Nachtschränkchen. Gäbe es mal einen echten Notfall, müsste ich es aufladen oder zu den Nachbarn laufen. So wie heute.

Mein Haus gehörte früher zum Anwesen einer Wassermühle. Nach einem Brand war es das Einzige, was von dem einstmals so stattlichen Mühlenhof stehen geblieben ist. Ich habe es recht günstig bekommen. Von der Gemeinde, an die es nach dem Tod der Besitzer gefallen war. Die ganze Familie des Mühlenhofbauern war nämlich damals in den Flammen umgekommen. Und deshalb wollte auch niemand anderes das kleine Haus haben. Als ob seine Mauern schuld an dem Brand sein könnten.

Martinshörner klingen weit über die Felder. Lang haben sie gebraucht, ehe sie auf Barns Anruf hin gekommen sind. Vermutlich sind Pferdeleben denen aus der Stadt nicht so wichtig. Ich frage mich, was sie wohl jetzt auf der Weide tun. Es ist schon Nacht. Da können sie doch sowieso nichts mehr erkennen. Und selbst wenn sie Scheinwerfer aufgestellt haben, bei den vielen Hufspuren im Matsch ist sicher kein Fußabdruck mehr zu nehmen; außer vielleicht meiner.

Barns bietet mir an, bei ihm zu übernachten, aber ich weiß gar nicht, was schlimmer ist: die

Vorstellung, auf Barns' Junggesellensofa zu schlafen mit ihm gleich nebenan in der Kammer oder allein zu Hause versuchen, nicht an dieses lippenlose Lächeln zu denken.

Ich entscheide mich für mein eigenes Bett, schließlich muss ich auch an Barns' guten Ruf denken. In einem Dorf wie Eddigsen gäbe es ganz sicher Gerede, wenn die Neue ausgerechnet beim eingefleischtesten Junggesellen nächtigen würde. Das ganze Weltbild käme ins Wanken. Dafür möchte ich nicht verantwortlich sein.

Mein Haus ist kalt, als ich heimkomme. Die Heizung funktioniert noch nicht. Hoffentlich ist noch ein bisschen Glut im Ofen, sonst muss ich das Feuer ganz von vorn starten. Darin bin ich noch nicht geübt. Das dauert Stunden bei mir. Ich habe Glück, lege ein paar trockene Zweige auf orange schimmernde Reste eines Scheits, die ich in der Asche aufstochern konnte. Gleich fangen sie Feuer. Es knistert und im Nu lodern Flammen auf. Super! Jetzt noch ein paar Stücke Holz und es wird gleich warm.

An Schlaf brauche ich heute nicht zu denken, immer wieder sehe ich den bleichen Pferdeschädel, wie er im Gestrüpp hing, vor mir. Die langen Zähne zu einem starren Lächeln gebleckt, überall Fleischfetzen. Meine Mutter würde mir jetzt sagen, ich dramatisiere, Pferde können gar nicht lächeln, und überhaupt: So viel Lärm um ein totes Tier!

Ich frage mich, wie der Kopf so schnell angenagt wurde, ob das die Fische waren, die in der

Spüle aufwachsen? Der Bach muss ja noch vor einer Woche, als wir vom Dauerregen Hochwasser hatten, über dem Schädel geflossen sein. Oder waren die Krähen so schnell?

Am nächsten Morgen gehe ich ganz früh in Edgars Laden. Der hat das große Geschäft in halb vorgebackenen Brötchen gewittert. Auf Wunsch backt er sie in einer Mikrowelle, die auf dem Tresen steht, gleich selber für seine Kundschaft auf. Ich bestelle zwei warme Brötchen, und er reißt eigens für mich eine Zwölfertüte auf.

„Das warst du doch, die den toten Ottokar gefunden hat, oder?“

Edgar und ich duzen uns seit wir bei einem meiner frühmorgendlichen Brötchenkäufe unsere gemeinsame Vorliebe für Pink Floyd entdeckten. Jemand, der ‚The Wall‘ hört, kann nicht ganz verkehrt sein, selbst wenn er Porzellanballetttänzer aus Billigproduktionen verkauft.

„Das war Ottokar?“

„Ja, Mensing hat ihn schon seit zwei Wochen vermisst. Er steht ja normalerweise im Stall, aber vor zwei Wochen hat er ihn zu Gretel auf die Weide gelassen und abends vergessen. Am nächsten Morgen war Gretel dann allein, von Ottokar keine Spur.“

„Das ist ja furchtbar! Ottokar war doch noch so jung.“

„Mensings bestes Pferd im Stall. Auf die Rennbahn wollte er mit ihm. Mensing ist außer sich!

Schreit überall rum, dass er dem Schlitzer auflauern und ihn totschießen wird."

„Recht hat er!"

Ich nehme meine Brötchen und verabschiede mich von Edgar.

Zu Hause schmiere ich mir dick Marmelade auf die vier Brötchenhälften. Ich wiege knapp 90 Kilo, bei einssiebzig ist das eindeutig zu viel. Deshalb lasse ich seit ein paar Tagen die Butter weg. Mal sehen, ob's was hilft.

Während ich meinen frisch aufgebrühten Kaffee genieße, muss ich wieder an gestern denken, an Gretels Angst. Ich bin mir sicher, dass ich dem Schlitzer gerade noch zuvorgekommen bin. Wäre ich nicht gestern an der Alten Sieke spazieren gewesen, dann wäre Gretel jetzt auch tot.

Ich kann das nicht verstehen, wie kann ein Mensch so gemein sein? Unschuldigen Tieren auflauern und sie umbringen. Nur so, aus Spaß? Als kleines Mädchen hatte ich einmal hilflos mit ansehen müssen, wie ein Nachbar seinen alten Hund erhängte. Das klägliche Jaulen klang mir seit damals immer wieder in den Ohren.

Am Abend gehe ich in die einzige Gastwirtschaft im Dorf. Ich habe den ganzen Tag an meinem Haus renoviert und muss jetzt einfach mal unter Menschen! Lieber wäre mir die Gesellschaft eines Vierbeiners, aber ich bin noch nicht dazu gekommen, mir einen Hund aus dem Tierheim zu holen.

Meta Fredsen steht selbst hinter der Theke und zapft Bier. Der Gastraum ist seit Jahrzehnten nicht renoviert worden, seine Wände sind völlig vergilbt, es riecht ähnlich wie bei Helmut Barns zu Hause. Ich bestelle ein Mineralwasser und setze mich an einen freien Tisch. Es ist kurz nach sieben, da kommen fast alle Männer aus Eddigsen nach dem Abendbrot in die Kneipe. Ihre Frauen bringen zu Hause die Kinder ins Bett, spülen vielleicht und wischen noch schnell übers Stragula, während die Männer den Tag Revue passieren lassen.

Natürlich gibt es an diesem Abend nur ein Thema: der Schlitzer. Auflauern müsste man dem, ihm eine deftige Lektion erteilen! Jeder versucht den anderen zu übertönen. Je mehr Bier Meta hinter ihrer Theke zapft, um so lauter wird es in der Gaststube.

Ich will schon gehen, da kommt Mensing. Jetzt bleibe ich doch noch, das sieht nämlich ganz nach einer Versammlung aus. Alle Männer aus dem Dorf sind da, selbst Edgar und Helmut Barns fehlen nicht.

Ich spitze die Ohren. Aber verstehen kann ich nichts. Die breiten Rücken der Männer grenzen mich aus, als Frau gehöre ich nicht in ihre Runde.

Schließlich gebe ich jeglichen Versuch auf, etwas mitzubekommen. Resigniert erhebe ich mich und will Meta bezahlen, als ich im Vorbeigehen ein paar Wortfetzen auffange. Wenn mich nicht alles täuscht sagen sie: ‚Lockvogel', ‚Köder' und ‚Gretel'.

So blöd können die Männer doch nicht sein! Gretel als Köder für den Schlitzer auf die Weide stellen und dann allesamt in der Kneipe hocken. Wer passt denn auf, wenn der Schlitzer gerade jetzt auf die Weide schleicht?

Es fällt mir schwer, mich zu beherrschen und langsam aus der Kneipe zu gehen. Draußen und außer Sichtweite der Männer renne ich, so schnell das mein Gewicht zulässt, los. Völlig aus der Puste komme ich bei mir an, schnappe mir mein schärfstes Fleischmesser in der Küche und laufe zur Pferdetränke.

Knapp fünfhundert Meter vor der Alten Sieke bleibe ich stehen, ich muss meine Atmung beruhigen, darf nicht so keuchen, wenn ich dem Schlitzer auflauern will.

Gretels Silhouette hebt sich ganz klar im Mondlicht auf der Weide ab. Und da, am Waldrand, da bewegt sich was!

Mein Herz beginnt zu rasen. Ganz klar erkenne ich, dass ein Mensch gebückt auf Gretel zuschleicht.

Ich stehe jetzt näher zu ihr, halte mich versteckt im Gebüsch. Gretel schnaubt nervös, will ausbrechen, aber sie ist angepflockt. Ich denke noch einmal, wie konnte Mensing nur so blöd sein, und dann geht alles superschnell.

Ich brauche das Messer gar nicht, stattdessen nehme ich einen flachen Stein, gerade so groß, dass er in meine Faust passt.

Schon der erste Schlag sitzt, der Schlitzer sinkt auf den Boden. Natürlich ist er nur bewusstlos, den

Rest erledigt Gretel mit ihren Hufen. Immer wieder steigt sie, der Pflock ist längst aus dem matschigen Boden gerissen.

Am Morgen wird Mensing den totgetrampelten Körper des Schlitzers finden und sich wundern, wie seine Gretel sich so gut zu helfen wusste, auf mich als Auslöser wird bestimmt niemand kommen.

Das war schon damals so, als ich dem tierquälerischen Mühlenbauern eine Lektion erteilen musste. Ich wohnte damals noch in der Stadt und hörte in unserer Tierschutzgruppe nur zufällig von ihm und wie er seine Hunde einen nach dem anderen zu Brei schlug.

Nur schade, dass seine Frau mit den Kindern ausgerechnet an jenem Samstagabend nicht bei ihrer Mutter übernachtet hatte... Das hatte ich nicht wissen können, als ich damals das brennende Streichholz auf den Benzinfleck unter seinem Traktor fallen ließ!

DER SPANNER

Es war einer dieser Tage, an denen man meint, den Himmel greifen zu können. Hellblau war er so früh am Morgen. Später würde er seine Farbe zu einem tiefen Azurblau wechseln. Der Tag versprach, wie schon seine Vorgänger, heiß zu werden. Weichen Wattebällchen gleich tummelten sich einzig ein paar dünne Wolken am Firmament. Keine wirkliche Ankündigung für einen Regenschauer.

Ich liebe diese Zeit, wenn das Dorf ruhig daliegt. Die Männer sind zur Arbeit gefahren, die Kinder in der Schule und die wenigen Frauen, die nicht auch irgendwo Geld verdienen müssen, damit ihre Familie über die Runden kommt, schaffen und wirken in ihren Haushalten. Geschirr klappert und Staubsauger brummen aus den halb geöffneten Fenstern, an denen ich vorbeikomme.

Dann habe ich die Straßen und Wege für mich allein, kann, wenn ich das will, laut sprechen, sogar schreien, und niemand hört mich. Das ist befreiend! Im Dorf wohnen wir alle viel zu dicht, als dass ich mich das zu Hause trauen würde. Da bekommt ja jeder alles mit. Ich stehe sowieso schon in dem Ruf, eine schrullige alte Jungfer zu sein. Da muss ich nicht noch für weiteren Gesprächsstoff sorgen.

Vor wenigen Jahren bin ich nach Edensee gezogen, gleich nachdem ich „aus dem Ausland“ zurückkam. Richtigen Kontakt habe ich nie zu den Einwohnern bekommen. Das liegt auch an mir. Ich vermeide das herbstliche Schützenfest, lass mich weder beim Osterfeuer noch beim Weihnachtsbazar blicken. Einmal bat Magda Sievert mich zu einer Tupper-Party. Da hatte ich eigentlich hingehen wollen, aber dann hatte ich mich nicht mehr rechtzeitig erinnert und seitdem sind weitere Einladungen meiner Nachbarn ausgeblieben.

Ich bin mir sicher, befänden wir uns noch im Mittelalter, ich wäre längst als Hexe auf einem Scheiterhaufen verbrannt worden.

Nicht, dass ich die Einzige wäre, die merkwürdig ist. Heinz Thalmann ist mindestens so ein Eigenbrödler wie ich, aber es gibt einen bedeutenden Unterschied zwischen uns: er ist ein Mann, und dem wird der Hang zum Alleinsein eben verziehen. Eine Frau dagegen, die gern für sich ist, stellt eine Herausforderung dar, vielleicht sogar eine Bedrohung.

Die meiste Zeit über schere ich mich nicht um die Meinung der anderen. Aber gestern, als ich zu Bett gehen wollte, fand ich einen anonymen Drohbrief im Flur. Den hatte irgendwer unter meiner Haustür durchgeschoben. Das macht mir Sorgen.

Am Kreuzweg biege ich, statt wie gewöhnlich den Rückweg anzutreten, in den Wald ab. Man sollte Gewohnheiten des Öfteren ändern, hat mein Großvater schon immer gesagt. Mit ihm habe ich, als ich klein war, viel Zeit verbracht. Meinen Vater habe ich nie gekannt, und meine Mutter ging putzen, damit zu Hause was zu Essen auf den Tisch kam. Wahrscheinlich war es nicht gut, immer mit einem alten Mann zusammen zu sein. Richtige Freundinnen fand ich nie. Altklug haben sie mich geschimpft, wenn ich mit den Weisheiten meines

Opas glänzen wollte. Da gab ich es dann schnell auf, dazugehören zu wollen. Vermutlich war mir mein Einzelgängertum schon in die Wiege gelegt worden. Seinem Schicksal kann man nicht entrinnen!

„Ich beobachte dich!“ hatte auf dem Drohbrief gestanden. In ausgeschnippelten, fetten Buchstaben. Dass der Absender ein gewisses Blatt las, sah ich sofort, so groß druckt nur eine Zeitung. Zur Polizei will ich nicht gehen, dann fangen die an, in meinem Leben rumzuschnüffeln, das kann nicht gut sein! Die Opfer werden doch immer viel zu schnell durch die Mangel gedreht.

Der Brief machte mir Angst! Nicht, weil er eine Drohung darstellte, das war er ja genau genommen nicht. Aber ich hatte tatsächlich schon manchen Abend das Gefühl gehabt, dass mich jemand belauert.

Ich habe die Angewohnheit, abends nicht gleich die Vorhänge vor die Fensterscheiben zu ziehen, das stammt noch aus meiner Zeit „im Ausland“. Mir gefällt es, die Bäume und Blumen ohne Gitter zu sehen. Schon oft in den letzten Wochen hatte ich den Eindruck gehabt, dass jemand in meinem Garten war. Die Amseln zwitscherten in der Dämmerung neuerdings immer furchtbar aufgeregt. So als streife eine Katze um ihr Nest. Und immer wenn ich aufstand, um die Vorhänge doch noch zuzuziehen, bewegte sich etwas an der hinteren Hecke. Einmal hatte ich sogar geglaubt, die Umrisse eines Menschen auszumachen.

Keine guten Gedanken, um ganz allein durch den Wald zu streifen, selbst wenn der Tag gerade erst begonnen hat. Mir wurde ganz unheimlich. Normalerweise liebe ich meine einsamen Spaziergänge, lausche den verschiedenen Vogelstimmen, entdecke fast täglich etwas Neues: eine endlich aufgeblühte Hundsrose, einen frisch aufgeworfenen Maulwurfshügel, einen Bienenschwarm. Ich fühle mich dann im Einklang mit der Natur, frei, unbeschwert und irgendwie behütet. Mich überkommt dann oft die Empfindung, dass uns tatsächlich jemand, wie Rilke das in einem Gedicht beschreibt, in seinen Händen hält.

Als ich „im Ausland“ war, hatte ich viel Zeit gehabt, um Gedichte zu lesen. „Meine Tochter ist für ein paar Jahre im Ausland,“ hatte meine Mutter den Nachbarn erzählt, solange ich einsaß. Aber das ist lange her!

Ich merke, wie aufgewühlt ich bin, weil ich wieder an jene Jahre denken muss. Normalerweise habe ich mich gut unter Kontrolle, verdränge jegliche Erinnerung, so als wäre das damals einer anderen passiert!

Schuld ist allein der anonyme Briefeschreiber. Ich spüre, wie es in mir kocht! Statt besänftigt von der Schönheit der Natur meinen inneren Frieden zu finden, brodelt in mir die Wut. Orangerot ist sie, wie glühende Holzscheite. Ich muss versuchen, an etwas anderes zu denken! Denn sobald die heiße Welle über mir zusammenschwappt, ist es zu spät, dann gnade Gott demjenigen, der mich ins Visier genommen hat – und mir!

Ich habe es endlich aus dem Wald geschafft, gehe wieder unter freiem Himmel, versuche mich von dem Höhenflug einer Lerche ablenken zu lassen. Einen Moment lang habe ich Glück damit, kann mich an dem lieblichen Gesang des kleinen Vogels erfreuen. Dann fällt die Erinnerung mich an, wie ein wildes Tier!

Damals habe ich mich mit einem Messer gewehrt. Dass es Notwehr gewesen war, hatte der Richter als mildernden Umstand gelten lassen, aber wie ich den Mann zugerichtet hatte, das hatte mir die langen Jahre im Schatten eingebracht. Ich war das Opfer gewesen, aber gleichzeitig hatte ich allen Angst gemacht. Im Grunde musste ich dankbar sein, dass sie mich nicht für immer in einer Anstalt weggesperrt hatten.

Ich wäre damals fast an der Ungerechtigkeit der Welt verzweifelt. Warum hatte dieser Mann ausgerechnet mich als Opfer wählen müssen? Und jetzt beging schon wieder einer den gleichen Fehler!

Ich zweifle, dass hier in Edensee jemand von meiner Vergangenheit weiß. Es ist wohl nur ein dummer Zufall, dass der Briefeschreiber mich gewählt hat. Vermutlich sieht er in mir, einer allein lebenden, älteren Frau ein leichtes Opfer. Will sich an meiner Angst laben, wie ein Wolf an seiner frisch gerissenen Beute. Er weiß nicht, was er damit geweckt hat, welche Kräfte. Alles in diesem Leben fällt beim zweiten Mal leichter, auch es zu nehmen.

Dass ich ihn töten werde, daran zweifle ich nicht. Ich will nur dieses Mal umsichtiger vorgehen. Ein zweites Mal würde ich die Jahre „im Ausland“ nicht ertragen können.

Als Erstes fahre ich am Nachmittag in unsere Kreisstadt und kaufe mir ein Nachtfernrohr. Es ist wichtig, sein Opfer genau zu kennen, nur so kann man eine möglichst unauffällige Todesart wählen. Solche Weisheiten vermittelte mir mein Opa aus alten, abgegriffenen Spionageromanen, die er mir nach den Schulaufgaben vorlas.

Schon am gleichen Abend ist das Glück mir hold. Wie immer habe ich meine Vorhänge aufgelassen, bin aber nicht in der Stube, wo ich normalerweise am Abend in Büchern stöbere, sondern habe mich hinter dem Fliederbusch gleich an der Hauswand aufgebaut. Wer auch immer abends um mein Haus schleicht, ich werde ihn entdecken, sobald er sich auf meinem Grundstück befindet.

Lange muss ich nicht warten, ich weiß ja genau, um wie viel Uhr mich so oft das Gefühl überkam, beobachtet zu werden. Kaum geht die Dämmerung in die Nacht über, entdecke ich ihn schon. An der hohen Hecke aus Haselnusssträuchern steht er. Macht sich an seinem Hosenlatz zu schaffen. Durch mein neues Fernrohr sehe ich ihn so genau, als wäre es Tag: Oliver Bensen. Das hätte ich nicht vermutet, der ist doch noch fast ein Kind! An Heinz Thalmann hatte ich gedacht, vielleicht auch an Edelbert Sievert, der hat so einen fiesen Zug um den Mund, wenn er von seiner Frau spricht. Aber der dicke Oliver? Wie alt ist der wohl? Keine siebzehn würde ich denken.

Ich lasse mein Fernrohr sinken und schleiche hinten ums Haus. Durch den ehemaligen Stall gelange ich in den Wohnbereich. Ich gehe in die Stube, ziehe die Vorhänge zu und schenke mir einen gut bemessenen Weinbrand ein.

Stundenlang starre ich in die bernsteinfarbene Flüssigkeit. Schwenke sie hin und her, nippe manchmal etwas von ihr. Wie ein Feuer brennt sich der Alkohol seinen Weg durch die Speiseröhre in den Magen. Jetzt erst wird mir bewusst, dass ich noch nichts gegessen habe.

Was mache ich nun mit meinem Wissen? Kann ich überhaupt sicher sein, dass der Drohbrief auch von Oliver stammt, oder werde ich von zwei verschiedenen Seiten ins Visier genommen?

Ich schlafe schlecht, immer wieder schrecke ich auf, mische Olivers Gesicht mit den Gestalten von Gefängniswärtern, seinen übergewichtigen Körper mit Gesichtern aus meiner Vergangenheit, die ich vergessen meinte.

Am Morgen ist mein Entschluss unumstößlich: Oliver muss aus meinem Leben verschwinden, wenn ich meinen inneren Frieden wieder finden möchte! Mir ist auch klar, dass es dahin nur einen Weg gibt.

Ich brauche nur ein paar wenige Stunden, um alles vorzubereiten. Zum Glück ist Sommer, da gibt es sogar hier in Edensees Tante Emma Laden frische Pfirsiche zu kaufen. Ich kaufe ein ganzes Kilo, esse zwei der saftigen Früchte, aus den anderen mache ich Kompott. Die Kerne entferne ich sorgsam. Aus ihrem Inneren hole ich die mandelförmigen weicheren Teile, röste sie in einer Pfanne mit etwas Sonnenblumenkernöl und wende sie in Salz. Dann mische ich diese hochgiftigen Kerne mit ganz normalen Mandeln auf einem Holzteller.

Lange vor dem Einbruch der Dämmerung sitze ich an meinem Gartentisch, den ich heute etwas näher an die Haselnusshecke gezogen habe. Der Himmel ist türkisfarben, will um diese Jahreszeit gar nicht richtig dunkel werden. Vor mir steht ein Glas Berliner Weiße mit Himbeergeschmack und ein Teller mit Knabbereien. Ab und zu nehme ich einen Schluck von dem erfrischenden Getränk, genieße seine Geschmacksrichtung aus herb und süß, die mich an die glücklicheren Tage meiner Kindheit erinnert.

Als die Stunde gekommen ist, erhebe ich mich langsam, nehme mein halbvolles Glas mit mir ins Haus, vergesse aber absichtlich den Teller mit den gesalzenen Mandeln.

Zwei Tage später erfahre ich beim Einkauf, dass der junge Bensen vermutlich an einer Lebensmittelvergiftung gestorben ist. Selbstverständlich beteilige ich mich an der Spendenliste für einen Kranz von der Gemeinde. Vielleicht schaffe ich es ja doch noch, hier in Edensee richtig Fuß zu fassen.

Mein Großvater sagte immer: je mehr der Tod eines Menschen mit seinen Gewohnheiten zu tun hat, desto geringer die Vermutung auf Fremdeinwirkung.

DER VERDACHT

Es war ein perfekt geformter Schneidezahn, von einem Menschen, da war ich mir ganz sicher!

Ich hatte endlich das alte Laub hinter der dicken Buche wegharken wollen, aber es lag so hoch, dass ich mit dem Laubsack hinter die Hecke gekrochen war, die an der Buche wuchs und unseren Garten zwischen den Gemüsebeeten und dem Rasenstück teilte. Ich hatte begonnen, die feuchten Blätter der obersten Schicht zunächst mit den Händen aufzusammeln. Modriges, zusammengepapptes Laub, das seit mindestens zwei Wintern dort gammelte. Es war zu viel, um von der Erde absorbiert zu werden, schimmelte einfach vor sich hin, ohne je Humus werden zu wollen. Hubert sagte immer, ich solle es liegen lassen, es werde eh irgendwann zu bester Gartenerde, aber da täuschte er sich. Er täuschte sich sowieso in so vielen Dingen.

Früher habe ich ihm mal geglaubt, hing mit meinen Blicken an seinen Lippen, als würde er jeden Moment ein neues Evangelium verkünden. Mit den Jahren lernte ich dann, dass das meiste, was Hubert sagte, nur dazu diente, etwas warme Luft an seine nähere Umgebung abzugeben. ‚Warme Luft', das hatte meine Mutter auch immer gesagt, wenn sie gefragt wurde, was Vater meinte. Komisch, wie Kinder oft die Fehler ihrer Eltern wiederholen.

Ich hatte nie wie meine Mutter werden wollen, aber je älter ich wurde, umso mehr glich ich ihr.

Mitten zwischen den feuchten Blättern hatte ich den Zahn gefunden. Nachdenklich drehte ich ihn zwischen meinen Fingern. Zum Glück hatte ich die Gartenhandschuhe an, sonst wäre mir das schon etwas eklig gewesen. Zuerst hatte ich geglaubt, er sei von einem Tier. Von einem Schaf vielleicht, gleich hinter unserem Grundstück begann ja die große Weide, auf der Karl Hümpel seine Herde oft grasen ließ. Aber ich hatte schnell gesehen, dass das nicht stimmte, dass es ein Menschenzahn war.

Groß war er, und jetzt, als ich ihn etwas an meinem Kittel säuberte, sah ich auch, dass er nicht wirklich perfekt war, eine winzige Ecke fehlte an seiner Schnittkante.

Das war der Moment, in dem diese schaurige, unheilsschwangere Musik einsetzen müsste, die in keinem Fernsehkrimi fehlt. Aber über mir zwitscherte nur eine Amsel in den höheren Ästen der Buche.

Ich hatte diesen Zahn schon einmal gesehen. Was sage ich, einmal? Zigmal! Allerdings blitzte er normalerweise aus dem Mund meiner Nachbarin, Elisabeth Gönecke, und lag nicht mit Dreck verschmiert auf einem meiner Gartenhandschuhe.

Ich weiß das so genau, weil ich selbst dabei war, als ihr die Ecke abbrach. Elisabeth war immer besonders stolz auf ihre leicht vorstehenden, oberen Schneidezähne gewesen, die ein klein wenig an die Nagezähne eines Kaninchens erinnerten. Wann immer sie konnte, brachte sie das Gespräch auf ihren letzten Zahnarztbesuch und das Lob, das sie wieder einmal für ihre gesunden, kräftigen Schneidezähne erhalten hatte. „Mein Zahnarzt meint, ich werde noch mit über neunzig meine eigenen Zähne haben,“ verkündete sie immer mit vor Stolz geschwelltem Busen.

Wir waren in den Brombeeren gewesen, hatten Milchkannen voller Früchte gesammelt, um später Marmelade aus ihnen zu kochen, als Elisabeth auf eine Brombeere biss und aufschrie! „Nein, oh nein!“ jammerte sie laut. „Was ist denn?“, ich hatte einen höllischen Schreck bekommen. Dachte, sie habe sich ernstlich verletzt, dabei hatte sie nur auf dem Kern einer Brombeere herumgeknabbert, als ihr von dem Knabbern auf dem winzigen und eigentlich doch weichen Kern ein Stück vom rechten Schneidezahn herausbrach. Immer wieder hatte ich ihr geschändetes Gebiss anschauen und ihr beteuern müssen, dass man den kleinen fehlenden Splitter kaum bemerke.

Völlig außer Zweifel hielt ich Elisabeth Gönekkes rechten Schneidezahn in der Hand, und jetzt wurde mir auch plötzlich bewusst, dass ich Elisabeth selbst seit ein paar Tagen nicht mehr gesehen hatte.

Mir wurde ganz schlecht bei all den Vorstellungen, wie Elisabeths Zahn wohl hinter unsere Buche hatte gelangen können. Vermutlich lag sie tot in ihrem Haus, ausgeraubt und erschlagen, und keiner hatte etwas bemerkt...

Man hört so was ja immer wieder: alte Menschen, die nach Raubüberfällen oder Unglücksfällen auf Leitern, Tischen und Stühlen in ihren Häusern langsam verwesen, von ihren verzweifelten Haustieren, Hunden oder Katzen, aus Verzweiflung und Überlebenswillen schließlich angefressen; die Nachbarn merken es als Letzte! Nur gut, dass Elisabeth Haustiere hasste. Eine halb verweste Leiche würde ich aushalten können, aber bei dem Gedanken an zahlreiche Bissstellen drehte sich mir der Magen um.

Ich rannte zu ihrem Anwesen hinüber, aber an der Gartenpforte machte ich halt. Was, wenn der Einbrecher noch dort war? Der Mörder! Und nur auf ein zweites Opfer lauerte? Oh Gott, was sollte ich tun? Das Herz klopfte mir bis zum Hals. Allein die Vorstellung, in Elisabeths Haus einzudringen und sie vermutlich tot aufzufinden, ein vermummter Riese neben ihr, die Tatwaffe noch in der erhobenen Hand, ließ mich würgen.

Ich machte eine Kehrtwendung und lief zu Hubert, der auf dem Stubensofa seinen Mittagsschlaf hielt.

„Hubert! Wach auf! Wach auf!"

Er grunzte, drehte sich von der Seite auf den Rücken und röchelte aus offenem Mund. Die Augen hielt er krampfhaft geschlossen.

„Hubert!"

Ich begann, ihn zu schütteln, und da konnte er natürlich nicht mehr so tun, als ob er noch schliefe.

„Verdammt, Bertha, was ist denn in dich gefahren?"

„Elisabeth," schrie ich jetzt und erkannte meine eigene Stimme nicht wieder, so schrill klang sie.

„Du musst mitkommen!"

Hubert richtete seinen Oberkörper auf und brummelte: „Was ist denn los?“

Statt lange Worte zu machen, hielt ich ihm den Schneidezahn unter die Augen. Er schien immer noch nichts zu begreifen.

„Hubert, du musst mitkommen, Elisabeth liegt tot in ihrem Haus!“

Das brachte ihn endlich dazu, in seine Pantoffeln zu schlüpfen und mit mir aus dem Haus zu stürzen.

Erst vor Elisabeths Haustür machten wir Halt.

„Die ist ja zu,“ stellte Hubert erstaunt fest, als er auf die Klinke drückte. „Woher weißt du denn, dass sie tot da drin liegt, wenn du gar nicht im Haus gewesen bist? Jetzt sag bloß nicht, dass das wieder falscher Alarm ist, wie neulich mit Grete Moos! Irgendwann wird dich deine mörderische Phantasie noch in die Klapsmühle bringen! Die Leute reden ja schon!“

Ich schluckte. Kramte den Schneidezahn erneut aus meiner Kitteltasche und hielt ihn ihm direkt vor die Nase. „Da,“ sagte ich nur. „Ist das etwa kein Beweis? Das ist Elisabeths rechter Schneidezahn, das weiß ich genau, und der lag in unserem Garten, direkt hinter der dicken Buche.“

„Ach, Bertha, du bist ja nicht ganz bei Trost, vielleicht solltest du weniger Krimis gucken, das bekommt dir nicht.“

Hubert drehte sich um und schlurfte zu unserem Haus zurück. Auf Männer ist eben, wenn es einmal wirklich darauf ankommt, kein Verlass!

Ich stand also wieder allein vor der Haustür meiner Nachbarin, einer alleinstehenden Frau von über sechzig Jahren, die nie freiwillig ihren rechten Schneidezahn in unseren Garten gelegt hätte, aber mein Mann wusste es ja wieder einmal besser. Nur weil Grete damals für ein paar Tage zu ihrer Tochter gereist war und nicht tot in ihrer Waschküche lag, wie ich vermutet hatte, glaubte er mir jetzt nicht. Dabei hatte mich bei Grete der Haufen Dreckwäsche neben ihrer Waschmaschine darauf gebracht, dass etwas nicht stimmen könnte. Ich hatte ihn durch die schlecht geputzten Kellerfenster entdeckt und war mir sicher gewesen, dass Grete nie verreisen würde, ohne zuvor ihre Wäsche zu waschen. Die Feuerwehr hatte schließlich ihre Tür aufgebrochen; den entstandenen Schaden hatte ich ihr bezahlen müssen. Warum waren die auch nicht durch ein Fenster eingedrungen, eine Glasscheibe wäre billiger gekommen. Aber das Geld war nicht das Schlimmste: statt mir meine Aufmerksamkeit zu danken, spottete Grete jetzt über mich, wo immer sie konnte. Ich merke das an der plötzlich einsetzenden Stille, wenn ich bei Möhrings Brot kaufen gehe und Grete zufällig auch im Laden steht.

Es war ein bisschen so wie bei diesem Kindermärchen über Peterchen und den Wolf. Die Menschen sind dumm, nur weil man einmal etwas Falsches sagt, ob bewusst oder nicht, heißt das noch lange nicht, dass alles, was man glaubt, falsch sein muss. Und jetzt wollte Hubert ein Indiz für ein

Gewaltverbrechen auch dann nicht erkennen, wenn ich es ihm direkt unter seine breite Nase hielt.

Was sollte ich tun? Die Polizei rufen und mir womöglich eine ebensolche Abfuhr einholen, wie sie mir Hubert gerade erteilt hatte? Ja, wenn ich wüsste, dass eine Polizistin kommen würde, Frauen sind um so vieles sensibler, wenn es um Mord geht; aber davon gab es ja noch immer viel zu wenige, und erst recht hier bei uns in Bernersrode.

Meine Lieblingsdetektivin war seit jeher Miss Marple gewesen. Auch sie hatte sich in mehr als einer Folge mit der Dummheit ihrer Mitmenschen und besonders der Männer herumschlagen müssen. Ganz zu schweigen von der der ermittelnden Beamten. Was würde meine Heldin wohl in dieser heiklen Situation tun, in der ich mich befand? Die Polizei verständigen, die sicher Stunden brauchen würde, um hierher zu gelangen, oder die Untersuchung selbst in die Hand nehmen?

Ich stand vor Elisabeths Haustür und drehte nachdenklich ihren Schneidezahn zwischen meinen immer noch behandschuhten Fingern. Keine Frage, die Handschuhe würden mir zugute kommen, sollte ich es wagen, in Elisabeths Haus einzudringen. Fingerabdrücke würde ich jedenfalls nicht hinterlassen und damit die Polizei in ihren späteren Ermittlungen verwirren.

Ich probierte erneut die Klinke aus, aber da gab es keinen Zweifel: Elisabeth hatte ihre Haustür gut verschlossen. Langsam machte ich mich daran, um das Haus meiner Nachbarin zu schleichen. Etwas mulmig war mir schon. Ich drückte gegen jeden Fensterrahmen, alles war dicht. Schließlich erreichte ich die enge Treppe, die an der Rückseite des Hauses hinunter zum Kellereingang führt. Vorsichtig nahm ich Stufe um Stufe. Auf einer hatte sich modriges Laub gesammelt, und ich wäre mit meinen Gummistiefeln beinahe ausgerutscht. Zum zweiten Mal an diesem Tag beschleunigte sich mein Puls, ich begann zu schwitzen, ein unheimliches Gefühl breitete sich in mir aus. Und richtig, als ich ganz unten angekommen war, sah ich, dass die Kellertür einen Spalt breit offen stand. Das konnte nichts Gutes bedeuten!

Mit einer Schuhspitze stieß ich leicht gegen die Tür, sofort gab sie nach. Es war düster in dem Keller und roch modrig, so als wäre er das ganze Jahr über feucht. Kalte, klamme Luft schlug mir entgegen, als ich mich weiter in das Dunkel hineintastete. Wieder einmal war ich froh über meine Handschuhe. Ich fühlte mich an der Wand des ersten Raumes entlang, suchte nach einem Lichtschalter, endlich fand ich ihn. Es war kein neuer Kippschalter sondern einer dieser alten, die man unendlich oft in eine Richtung drehen kann. Durfte man die überhaupt noch benutzen? Was, wenn ich einen Schlag bekommen würde, wenn ich ihn betätigte? Würde man mich hier finden? Wann würde Hubert bemerken, dass ich fehlte? Der Gedanke an meinen Mann beruhigte mich, spätestens, wenn um Punkt sechs das Abendessen nicht auf dem Tisch stand, würde er die Vermisstenanzeige aufgeben.

Vorsichtig nahm ich den Drehschalter zwischen Daumen und Zeigefinger. In dem Moment, als der uralte Mechanismus knackte, blitzte an der Kellerdecke eine Lampe auf, aber nur für Nanosekunden, gleich darauf war es so dunkel wie zuvor. Ich sah einen Augenblick lang gar nichts, das plötzliche Licht hatte mich geblendet, und nun war alles um mich herum tiefstes Schwarz.

Erst langsam gewöhnten sich meine Augen wieder an das Schummerlicht in Elisabeths Keller. Obwohl wir seit Jahrzehnten Nachbarn waren, war ich noch nie hier unten gewesen. Ich ging aber davon aus, dass der Grundriss ähnlich dem unseres Hauses sein müsste. Schließlich war die gesamte Siedlung zur gleichen Zeit von einem Architekten entworfen worden. Wollte ich in das Erdgeschoss gelangen, müsste ich durch den Vorraum, der bei mir - und übrigens auch bei Grete und Elisabeth - Waschküche war, in den hinteren Keller gelangen, bei mir der Vorratsraum, von wo aus eine Treppe nach oben führen würde.

Ich hatte richtig vermutet. Im hinteren Raum erfühlte ich mit ausgestreckten Armen und Händen ein Treppengeländer. Vorsichtig tastete ich mich Stufe um Stufe höher. Bei jedem Knarren der alten Holzbalken zuckte ich zusammen! Was, wenn der Mörder mich hörte? Vielleicht stand er schon, das Schlachtmesser in der Hand, oben im Flur vor der Tür zum Keller?

Mit aller Vorsicht drückte ich die Klinke nach unten, endlich klickte es im Schloss, leise schob ich die Tür auf. Hier oben kannte ich mich aus, oft genug war ich bei Elisabeth gewesen. Gleich links hinter der geöffneten Kellertür befand sich die Küche. Eine Glastür führte vom Flur zu ihr. Das Glas war milchig und geriffelt, ich konnte nur einen Schatten dahinter ausmachen. Aber der Schatten bewegte sich! Mein Gott, jetzt hätte ich am liebsten kehrtgemacht und wäre zurück in meinen sicheren Garten geflüchtet!

Aber dafür war es zu spät, der Schatten wurde größer und größer! Er kam direkt auf die Tür zu, ich war entdeckt! In meiner Verzweiflung griff ich das Nächstbeste, das ich erreichen konnte; es war Elisabeths Schirm, der eine zu meiner Verteidigung ausgezeichnet geeignete Spitze hatte.

Wie ein Schwert hielt ich den Schirm vor mich. Dem Mörder würde ich die scharfe Spitze direkt in den Magen rammen, sollte er tatsächlich die Tür öffnen. Schon bewegte sich die Klinke nach unten, mein Herz klopfte bis in den Hals. Ich hatte das Gefühl, sein Pochen müsste im ganzen Haus zu hören sein.

Die Glastür öffnete sich, ich sprang, so schnell das mein Alter erlaubte, vor den immer größer werdenden Spalt und stieß zu!

Der Mörder schrie auf und sank zu Boden. Aber warum hatte er einen Hauskittel an und, obwohl verzerrte, meiner Nachbarin aber doch sehr ähnliche Gesichtszüge?

Elisabeth lag auf der Schwelle, genau zwischen Flur und Küche und blutete ganz furchtbar aus dem Bauch. Ich hockte mich neben sie.

„Elisabeth, ich habe deinen Zahn gefunden.“

Ich kramte den Schneidezahn aus meiner Kitteltasche und hielt ihn ihr vor die Augen.

„Warum hast du den in meinen Garten geworfen?“

Ich beugte mich über sie, nahm ihren Kopf in meine Arme. Dabei sah ich mich vor, ja nicht mit ihrem Blut in Berührung zu kommen. Sie hatte Mühe, zu sprechen:

„Es soll Glück bringen,“ stammelte sie.

„Was, was soll Glück bringen?“ Beinahe hätte ich sie geschüttelt.

„Einen Zahn... über... über die Schulter... zu werfen.“ Stöhnen unterbrach ihre Worte immer wieder.

Ihr Blick, der noch eben überrascht und irgendwie fragend auf mich gerichtet war, wurde glasig, ihr Kopf fiel zur Seite, aus dem linken Mundwinkel lief wie ein feiner Faden ein kleines Rinnsal Blut.

Diesmal sollte ich also Recht behalten! Wenngleich nicht ganz so, wie ich es zunächst vermutet hatte. Elisabeth lag tot in ihrem Haus! Aber ich würde mich zusammenreißen und niemand davon erzählen, sollte doch ein anderer darauf kommen, dass sie fehlte. Vielleicht würde ich an einem Morgen bei Möhrings eine Bemerkung machen? Darüber, dass ich sie seit Tagen vermisse, aber mich nahm ja doch niemand ernst, und schon gar nicht, wenn es um Mordverdacht geht.

DIE KUR

Die Sonne geht gleich unter, dann ist es endlich so weit! Den ganzen Tag lang warte ich schon mit dieser Unruhe in mir. Aber das ist ja auch zu verstehen. Schließlich sind 18 Jahre keine Kleinigkeit. Nie zuvor habe ich es mit einem so lange ausgehalten wie mit Hugo. Ich glaube, zehn war zuvor mein Rekord. Es können aber auch zwölf gewesen sein. So genau weiß ich das nicht mehr. Da waren so viele sehr, sehr kurze Begegnungen dazwischen.

Die anderen los zu werden, war einfacher gewesen. Doch vielleicht täuscht mich da auch nur die Erinnerung. Einen habe ich einfach im Wald stehen lassen, das weiß ich noch. Wahrscheinlich, weil es der Erste war. Er schaute so ungläubig, wie er da angebunden am Baum stand. Natürlich hatte ich nach ein paar Tagen die Polizei verständigt. Anonym, mit einem Brief aus Zeitungsbuchstaben, ganz wie in frühen Kriminalfilmen. Es hätte ja sein können, dass er sich nicht von selbst hatte befreien können.

Als dann in der Zeitung stand, dass Spaziergänger einen Kadaver an einem Baum im Wald gefunden hatten, war ich doch ziemlich schockiert gewesen. Das hatte ich nicht gewollt. Dieses Erlebnis war, glaube ich, irgendwie prägend für mich, ich war ja damals erst zwölf. Er war in jeder Hinsicht mein Erster gewesen. Seine feuchte Zunge, an deren rosa Spitze stets ein Tropfen Spucke hing, strich so sanft und gleichzeitig rau über meine Haut, dass ich wieder und wieder erschauderte.

Vielleicht erinnere ich mich an solche Einzelheiten, eben weil es so lange her ist. Das hat man ja oft, dass die Erinnerungen aus der Jugendzeit bestehen bleiben, während das, was vor wenigen Minuten geschah, längst vergessen ist. Wie genau ich die anderen sitzen ließ, ist so verblasst.

Ich bin so veranlagt, dass ich Böses schnell vergesse. Wenn ich zurückblicke, bleibt fast immer nur das Gute klar in meinem Gedächtnis. Die ersten glücklichen Momente zum Beispiel, in denen ich meinen nächsten Begleiter aussuche. Wenn ich den Augenblick unseres ersten Kontaktes ganz genau vorbereite, ja, in Gedanken wieder und wieder inszeniere. Alles muss doch perfekt sein! Ich beobachte ihn vor der ersten wirklichen Begegnung oft wochenlang. Manchmal haben sie schon eine Frau an ihrer Seite, manchmal sogar einen Mann, dann wird es schwer. Besonders, wenn die Beziehung schon Jahre andauert. Dann muss ich mich besonders anstrengen. Meistens schaffe ich es durch leckere Häppchen, die ich ihnen anbiete. Männchen sind so simpel! Es heißt ja auch: Liebe geht durch den Magen. Viele meiner Freundinnen fragten mich oft: Wie hast du den denn ausgespannt? Ich habe es ihnen nie verraten. Aber jetzt, wo ich meine Tage als gezählt empfinde, und die meisten meiner Freundinnen es sowieso nie erfahren werden, weil sie schon tot sind, kann ich mein Geheimnis ja ruhig preisgeben, vielleicht möchte es die eine oder andere Frau einmal ausprobieren: rohe Leber. Das hat bislang immer gewirkt!

Bei den Indianern durfte derjenige, der den Büffel erlegte, die Leber roh an Ort und Stelle verschlingen, noch körperwarm. Das war eine Auszeichnung!

Die schweren Zeiten gegen Ende der Freundschaft sind so ein Wischiwaschi. Weder weiß noch schwarz, eher ein hässlich verwaschenes Grau. Wie Unterhemden, die aus Versehen in die Buntwäsche gekommen sind. Das liegt an meinem ausgeprägten Hang zur Harmonie, der ist schuld daran. Ich möchte, dass alles schön ist, Auseinandersetzungen mochte ich noch nie. Das sagte meine Mutter schon immer: „Die Hilde steht nicht für sich ein, die ist schwach!"

Hugo riecht schon ein bisschen, das stört mich. Ich habe mich einfach nicht früher von ihm trennen können. Jetzt liegt er da im Teppich eingerollt und müffelt vor sich hin. Das ist ein Geruch, der nur schwer zu überdecken ist. Vor fünf Tagen habe ich begonnen, Räucherstäbchen abzubrennen. Aber das hilft jetzt nicht mehr. Dieser süßliche Gestank verwesenden Fleisches ist stärker. Dabei hatte ich den Teppich zuvor mit Weihwasser aus der Kirche beträufelt.

Es war gar nicht leicht gewesen, das mit Weihraucharoma versetzte Wasser aus unserer Kirche zu besorgen. Da steht ja immer dieser Kuno Hofwies und passt auf. Ich musste ihn mit meinem Lebertrick ablenken. Da war er beschäftigt. Während er schlang, konnte ich die Flüssigkeit in meine Wasserflasche umfüllen. Da merken die nichts mehr, wenn sie rohe Innereien riechen. Das ist stärker als jeder andere Trieb. Muss aus der Zeit stammen, als wir alle noch Jäger und Sammler waren, und die Hunde sich den Menschen anschlossen.

Vielleicht wähle ich Kuno als Nächsten. Er hat so hübsche Lippen, die wirken, als würde er ständig lächeln.

Gesine Hildebrandt hat auch ein Auge auf ihn geworfen. Das weiß ich. Ich spüre so etwas. Wie die den anschaut, wenn sie ihren spitzen Hintern auf die harten Holzbänke unserer Kirche drückt. Dass die sich nicht schämt, solch lüsterne Blicke mitten im Gottesdienst! Seit ihr Helmut von der Tollwut hingerafft wurde, ist sie nicht mehr sie selbst. Wie das passieren konnte, kann sich niemand im Dorf erklären. Helmut hatte sich an Gesines Hecke zu schaffen gemacht. Und plötzlich schoss ein Fuchs aus dem Gebüsch gleich hinter Gesines Grundstück hervor und biss ihn in ein Bein. Sie sind nicht gleich zum Arzt damit. Das war ein Fehler. Gesine wusch die Wunde nur mit Alkohol aus. Als Helmut dann begann, sich merkwürdig zu benehmen, war es zu spät. Die Ärzte konnten nichts mehr für ihn tun.

Damals hatte ich gedacht: Warum hat es nicht meinen Hugo erwischen können? Er ging mir damals schon auf die Nerven. Besonders, weil er im Alter seine Blase so schlecht kontrollierte. Wo er ging, saß und stand, hinterließ er einige Tropfen Urin, die sickerten überall durch. Zum Schluss wickelte ich ihm eine Windel um, aber der Geruch des alternden Männchens verließ ihn nicht. Der begleitete ihn Tag und Nacht. Früher schliefen wir fast immer eng umschlungen in meinem Bett, aber die letzten Jahre habe ich mich geweigert, ihn bei mir liegen zu lassen. Er musste im Wohnzimmer auf dem Sofa schlafen.

Jetzt liegt er da im Teppich, und ich muss ihn bald wegschaffen. Das darf ja niemand sehen. Wer weiß, was geschehen würde, wenn jemand herausbekäme, dass ich ihm vor gut acht Tagen einfach im Schlaf etwas Luft in die Adern gespritzt habe. Da denkt doch jeder, das sei Mord, dabei war es nur Sterbehilfe. Das ist doch kein Leben, wenn einem ständig der Urin aus dem Körper tropft!

Probleme mit den Zähnen hatte er auch. Ein Backenzahn gammelte langsam aber sicher in seinem Mund vor sich hin. Der war abgebrochen; um ihn zu entfernen, wäre eine Operation nötig gewesen. Aber dafür war Hugos Herz schon zu schwach. Wie das stank, wenn ich mit ihm sprach, und er mich anhechelte, wie die Pest! Das war doch kein würdiges Leben mehr!

Ich finde, das sollten alle Angehörigen so machen: wird einer zu alt, gibt es eine Spritze. Ich frage mich, wer mir den Gefallen mal erweisen wird... Obwohl bei uns Menschen die Moral ja so zimperlich ist. Ganz anders als bei Hunden.

So, jetzt ist es aber dunkel genug. Zum Glück gehen hier in Baalfeld alle recht früh schlafen. Ich darf ja nichts riskieren. Nicht auszudenken, wenn mich wer mit dem toten Hugo erwischt.

Ich werde ihn in das gleiche Waldstück schaffen, wo schon Robert und Gernot liegen. Das waren zwei eher flüchtige Bekanntschaften, ehe Hugo zu mir kam. Ich glaube, mit Gernot hielt ich es nicht einmal einen Monat aus. Der war so besessen. Ständig hatte er Lust. Es war ihm nicht einmal zu dumm, es mit einem Kissen zu treiben. Das muss man sich mal vorstellen: Sex mit Federkissen, widerlich! Wenn ich ihn dabei erwischte, schaute er nicht einmal verlegen. Der grinste nur blöd, zeigte dabei seine spitzen Schneidezähne, schauerlich! Ich glaube, der war nicht ganz richtig im Kopf. Ich hatte ihn zu schnell ausgewählt, nicht lange genug beobachtet, sonst wäre mir solch ein Fehlgriff sicher nicht passiert.

Damals war ich so allein, weil Robert überraschend gestorben war. Sein Tod ist bislang der einzige, den ich nicht wollte. Er war erst kurz bei mir und starb einfach im Schlaf. Ganz friedlich lag er da, als ich wach wurde. Ich dachte noch, der stellt sich tot, so ein Hund! Selbst auf mein Kitzeln reagierte er nicht. Dann wurde mir klar, dass ich ihn verloren hatte, einfach so, ohne Plan.

Was ich sagen werde, wenn jemand Hugo vermisst, habe ich mir schon zurechtgelegt: „Der ist zur Kur, es ging ihm doch so schlecht in letzter Zeit.“ Tja und aus dieser Kur kommt er dann einfach nicht mehr zurück. Irgendwann lassen die Fragen nach, das war immer so.

DIE MORDABSICHT

Er achtet mich nicht, ich glaube, das ist das Schlimmste! Neulich saßen wir zusammen vorm Fernseher und haben so ein Quiz geguckt, so eins, wo man Millionen gewinnen kann, na ja, oder zumindest ein paar hundert Euro, je nachdem, wie weit man kommt und ob man schlau genug ist, früh genug einen Rückzieher zu machen. Da sagte der Mann, der immer die Fragen stellt, so ein ganz Hübscher ist das, mit Grübchen im Kinn, also der sagte, sie suchen noch neue Kandidaten. Und ich hab laut gesagt: „Hans, lass uns doch da mitmachen!“ Da hat er mich stumm angeguckt, und da habe ich es so deutlich wie noch nie gespürt: Er achtet mich nicht! Er denkt, ich würde nicht mal einen Hunderter da gewinnen können. Dabei sind die untersten Fragen doch so einfach, für Blöde! Und da gibt es schon fünfhundert Euro für. Aber mein Hans glaubt nicht an mich!

Ich frage mich jetzt, ob das schon immer so war. Ob er sich schon immer so überlegen gefühlt hat. Und nicht ohne Scham muss ich ehrlich zu mir sein und sagen: Ja, Gerda, er hält dich für dumm!

Nur weil ich nie einen Schulabschluss geschafft habe. Dabei heißt das noch lange nicht, dass ich nichts weiß! Ich hab eine ganze Menge gelernt! Das bringt das Leben so mit sich, und ich bin schließlich schon fast fünfzig! Als ich klein war, hat meine Oma mir ganz viel über Heilkräuter beigebracht, aber das zählt nicht.

„Altweiberweisheit!“ nennt es Hans verächtlich.

„Wie willste denn damit Geld machen?“ sagt er. Aber wenn er dann mal Blähungen hat und ich ihm einen Kümmeltee zubereite, das gefällt ihm. Es gibt nichts Besseres gegen Blähungen als einen Löffel Kümmelsamen auf eine Tasse heißes Wasser, nicht mal Fenchel hilft so gut. Der Kümmel nimmt alle Luft aus dem Magen.

Hans selbst hat auch bloß die Hauptschule gemacht. Als ob das was Besonderes wäre. Bei Bosch Blaupunkt steht er am Band, dahin hat ihn sein ganzes Schulwissen gebracht. Und demnächst macht die Arbeit, die er jetzt noch macht, eine Maschine. Habe ich in unserem Kreisblatt gelesen. Also, was eine dumme Maschine kann, die gar kein Hirn hat, das ist jetzt noch seine Arbeit. Und darauf ist er stolz!

Was werden soll, wenn er erst arbeitslos ist, das kann ich mir gar nicht vorstellen. Ich glaube, wir leben nur noch zusammen, weil wir uns so selten sehen müssen. Die ganze Zeit Hans um mich herum, das könnte ich nicht ertragen! Da würde ich dann eventuell zur Petersilie greifen müssen. Die lässt Muskeln zusammenkrampfen, hat man früher sogar bei Abtreibungen eingesetzt. Das hat mir meine Oma beigebracht, als ich die Regel bekam. „Gerda, mein Mädchen, ich möchte nicht, dass du mal heiraten musst“, hat sie gesagt und mir alles erklärt. Ich denke mir, was eine Gebärmutter krampfen lässt, wirkt wohl auch am Herzmuskel, habe es aber natürlich noch nie ausprobiert. Das ist so mein letzter Halt, dieses Wissen.

Jetzt hat Hans ja noch oft Nachtschicht, da kann ich dann machen, wozu ich Lust habe. Zur Oldies-Disco fahren und so. Sogar allein, meine Freundinnen sind für so was nicht zu gebrauchen. Viel zu hausbacken sind die mit den Jahren geworden. Wenn ich denke, was wir für einen Spaß hatten, als wir noch jung und unverheiratet waren!

Ich habe einen Bekannten, das habe ich noch nie jemandem verraten. Nicht wirklich so was mit Sex, aber einen Mann, der sich für mich interessiert. Er fordert mich immer auf, wenn ich allein an der Theke stehe und mich an einem Sektchen festklammere. Allein als Frau in einer Disco, das ist schon komisch. Aber Horst, so heißt er, kommt, sobald er mich sieht und erlöst mich. Wie ein Prinz im Märchen seine Prinzessin!

Wie eine Prinzessin sehe ich eigentlich nicht aus. Dafür bin ich viel zu fett. Richtig fett. Ich bringe fast hundert Kilo auf die Waage, und bin doch bloß knapp über einssiebzig. Das ist nicht gesund, und ich versuche auch manchmal, was daran zu ändern. Aber das ist schwer. Und mein Hans unterstützt mich gar nicht. Wenn ich mal nur Rohkost auf den Tisch bringe, schnauzt er mich an. Ich glaube, er sähe mich gern mit noch hundert Kilo mehr, so dass ich gar nicht mehr vom Sofa komme. Da hätte er mich dann völlig unter Kontrolle.

Das gibt es, das habe ich mal im Fernsehen gesehen, ein Mann, der nicht mehr vom Bett aufstehen konnte, so fett war der.

Hans passt es nicht, dass er mich nicht kontrollieren kann, wenn er Nachtschicht macht. Aber wirklich eifersüchtig ist er nicht! Ich glaube, das kommt daher, dass er mich nicht anziehend findet. Er kann sich gar nicht vorstellen, dass sich ein anderer Mann für mich interessieren könnte. Aber Horst, mein Prinz, sagt immer: „Gerda, du hast so eine tolle Ausstrahlung, da sind die paar Kilo mehr auf den Hüften doch egal.“ Und bei langsamen Tänzen, bei so Schmuseliedern von Dschordsch Maikel, da drückt er sich immer ganz fest gegen mich. Und dann merke ich genau, dass ich noch anziehend auf Männer wirke!

Hans besteht natürlich trotzdem darauf, dass ich einmal pro Woche die Beine für ihn breit mache. Warum ist mir schleierhaft. Wo er mich doch gar nicht mehr mag. Manchmal nennt er mich „fettes Kälbchen“, wenn er an meinen Brüsten knetet. Ich finde das ganz widerlich! Aber um des lieben Friedens willen lasse ich es über mich ergehen. Ich mache die Augen zu und stelle mir vor, es sei Horst. Wenn es erstmal vorbei ist, habe ich ja wieder eine ganze Woche lang meine Ruhe.

Manchmal sogar länger. Hans hat ein schwaches Herz, da darf er dann manchmal keinen Sex haben. Am besten war es immer nach seinen Operationen, da musste ich dann monatelang nicht mit ihm schlafen. Himmlisch!

Unsere Ehe ist ganz normal, das ist ja das Schlimme! Bei meinen Freundinnen ist es kaum anders. Die sind auch nicht mehr in ihre Männer verliebt. Man bleibt zusammen, weil man es so gewohnt ist, weil man vielleicht noch Schulden zusammen hat, für den neuen Golf oder den neuen

Flachbildschirm. Hans und ich haben gerade erst für unseren Großen einen Gebrauchtwagen gekauft. An Trennung ist also gar nicht zu denken!

Nur Marlis behauptet immer, sie könne sich ein Leben ohne Peter gar nicht vorstellen. Er sei ihre Sandkastenliebe und noch immer ihr Traummann. So ein Quatsch! Wenn ich das schon höre. Frau Perfekt will sie sein, nichts weiter. Und von Sandkastenliebe keine Spur, ich war doch selbst dabei, als sie Peter damals in den letzten Sommerferien aufriss. Schwanger ist sie dann gleich geworden, kaum dass sie gehört hatte, er wolle Architekt werden. Und jetzt scharwenzelt sie in ihren Designerklamotten vor uns anderen herum. Verliebt in Peter? Lächerlich! Seine Kohle ist es, die ihre Augen zum Leuchten bringt. Damit kann sie sich nämlich auch die teueren Abmagerungskuren in Kurbädern leisten. Absaugen lässt sie sich ihr überschüssiges Fett.

Wenn es doch nur für uns alle so einfach wäre! Bevor ich auch nur eine Diät beginne, nimmt Hans mir allen Mut: „Das schaffst du doch sowieso nicht, Gerda!“ Oder er schimpft mit mir, wenn ich es dann wirklich wahr mache und nur Selleriestangen auf den Tisch kommen.

Das ist überhaupt sein Standardsatz, wenn ich mal etwas ausprobieren möchte: „Du bist zu blöd, Gerda! Das schaffst du nicht, Gerda! Lass es doch lieber gleich bleiben, Gerda!“

Vor ein paar Jahren, da wollte ich weg vom Supermarkt, nicht mehr an der Kasse stehen müssen, Kartons auspacken und Kisten schleppen. Da habe ich einen Fernkurs abonniert. Heilpraktikerin wollte ich werden. Mit dem Wissen meiner Oma hätte ich es sicher weit gebracht. Aber Hans hat das Paket mit allen Unterlagen nicht angenommen. Zurückgehen hat er es lassen, während ich nichts ahnend im Supermarkt kassierte. Und dann hat er mir weiß machen wollen, die von der Fernschule hätten angerufen und gesagt, ohne Schulabschluss nehmen sie niemanden an. Das hab ich ihm sogar geglaubt. Zumindest am Anfang.

Als er Spätschicht hatte und ich einen Nachmittag frei, habe ich mich dann mal telefonisch dort erkundigt, da haben sie es mir gesagt, dass er alles hat zurückgehen lassen.

Als ich ihn zur Rede stellen wollte, da hat er wieder nur seinen Standardsatz parat gehabt: „Hättste eh nicht geschafft, Gerda!“

Gestern kam ein Brief von seiner Firma, so ein ganz offizieller, als Einschreiben. Da wusste ich schon: das kann nichts Gutes bedeuten. Ich hatte den ganzen Morgen über so eine Vorahnung gehabt.

Am Abend, als ich von der Arbeit kam, ich hatte nur nachmittags Dienst, da war der Brief verschwunden. Vermutlich will er es vor mir geheim halten, aber ich weiß auch so, was die ihm geschrieben haben. Die hirnlose Maschine wird ab sofort seinen Job übernehmen. Jetzt steht er blöd da, deshalb will er mir nichts sagen. Er, der große Macker ohne Arbeit. Stempeln muss er gehen, denn wer will schon einen knapp Fünfzigjährigen, der sein Leben lang nichts anderes gemacht hat, als

Draht gewickelt. Widerstände hat er hergestellt, das ist alles, was er kann.

Mir ist ganz schlecht, wenn ich mir vorstelle, wie das nun weitergehen soll. Hans immer im Haus. Das kann ich nicht aushalten. Das ist zu viel! Ich habe ja trotz allem immer gedacht: Im Grunde meint das Leben es doch gut mit dir, Gerda. Klar, musst ab und an die Beine breit machen, damit zu Hause keine schlechte Luft herrscht, aber eigentlich kannste dich doch nicht beschweren! Da muss ich nur genau die Nachrichten gucken, um das zu wissen. Wie viele Menschen haben gar nicht erst die Möglichkeit, Schulden zu machen? Müssen sehen, wie sie über die Runden kommen, ganz ohne Kredite. Und dann die armen Menschen, die in irgendwelche Katastrophen geraten. Da regnet es ein paar Wochen und weg ist dein Haus, das wahrscheinlich noch gar nicht abbezahlt war! Ne, also beschweren kann ich mich wirklich nicht über mein Leben! Dafür war ich dem lieben Gott auch immer dankbar.

Aber was zu viel ist, ist zu viel! Das kann er mir nicht antun, diese Prüfung! Mit Hans ständig um mich herum geh ich vor die Hunde! Ich muss jetzt was tun, was eigentlich dem lieben Gott ins Handwerk pfuschen ist, ich muss die Petersilie benutzen!

Meine Entscheidung ist gefällt. Ich bin jetzt auch ganz ruhig. Vielleicht gebe ich mir noch ein paar Tage, ehe ich den Tee zubereite. Ein bisschen Angst habe ich ja schon. Was, wenn das rauskommt? Wenn der Arzt nicht sofort alles Hans' schwachem Herz in die Schuhe schiebt?

Trotzdem weiß ich, dass ich es tun muss, sonst lande ich womöglich in der Klapse. Dann schon lieber Knast!

Am nächsten Morgen gehe ich ganz früh in unseren Garten und pflücke einen dicken Strauß Petersilie. Ich habe Glück, da sind sogar ein paar Triebe mit Samenansätzen dabei. Kaum bücke ich mich mit dem kleinen Küchenmesser, um die Stängel abzuschneiden, höre ich „Morgen, Gerda!". Mist, damit habe ich nicht gerechnet, dass mein Nachbar auch schon munter ist.

„Morgen, Edgar!" rufe ich ihm zu. „Auch schon so früh auf?"

Das Beste, was ein Mörder tun kann, ist: bloß keine Aufmerksamkeit auf sich ziehen! Immer schön so tun, als sei alles normal. Liest man ja in jedem Krimi. Also gehe ich mit meinem Bündel Petersilie an den Gartenzaun und rede ein bisschen mit Edgar.

„Was willste denn mit so viel Petersilie?" fragt der auch gleich.

„Ich hab immer gern ein bisschen mehr im Haus, die hacke ich und frier sie ein, dann verlier ich nicht bei jedem Kochen so viel Zeit. Kannste Marga mal sagen. Ich komm dann rüber und geb ihr noch ein paar Rezepte."

Marga ist nämlich auch nicht glücklich mit ihrem Edgar. Wenn der zu viel getrunken hat, schlägt er sie. Die wird sich über das Rezept von meiner Oma freuen.

Als ich dann ins Haus gehe, ist Hans immer noch nicht aufgestanden. Das ist komisch. Ich geh ins Schlafzimmer, um mal nachzugucken, und da liegt er im Bett. Mit so einem dämlichen Lächeln auf den Lippen. Genau so, als wollte er sagen: „Siehste, Gerda, hast es wieder nicht geschafft!“ Ich bück mich runter zu ihm, weil mir das alles merkwürdig vorkommt und pack ihn an. Er ist ganz kalt! Da hat die Vorsehung mir geholfen. Sein Stündlein hatte wohl sowieso geschlagen...

Eigentlich sollte ich erleichtert sein, dass es so gekommen ist. Dass ich ihn los bin und gar nichts Böses tun musste. Aber es wurmt mich, dass er mir zuvorgekommen ist, dass er wieder einmal Recht hatte mit seinem: „Kannste nicht, Gerda!“

Marga gebe ich das Rezept aber trotzdem, jetzt wo die Petersilie sowieso schon gepflückt ist. Man soll ja Nahrungsmittel nicht umkommen lassen.

DIE RACHE DES HERRN

Er sah aus, als schliefe er. So friedlich. Die Lippen waren kaum merklich zu einem Lächeln verzogen. Sein Haupt lag eingebettet in dunkelbraun gefärbten Buchenblättern. Halb verdeckte das feuchte Laub seinen Hinterkopf, mischte sich mit seinen viel zu langen Haaren, die von einem ähnlichen Braun waren wie die modernden Blätter. Glänzend, und dort, wo sie feucht waren, leuchteten sie fast schwarz.

Seine Augen blickten starr in den Himmel. In ihnen spiegelten sich die eilig ziehenden Wolkenbänder. Dunkelgrau auf grau. Die geöffneten Lider störten das friedvolle Bild eines Schlafenden, sie und das verkrustete Blut, das, vermengt mit etwas, das wie Hirnmasse aussah, zwischen seinen Haaren und dem Laub klebte.

Mein Herz schlug rasend. Nur mit Mühe konnte ich meinen rebellierenden Magen und den starken Würgereiz in meiner Kehle unter Kontrolle bringen. Der süßliche Geruch verwesenden Fleisches lag wie eine dichte Wolke über dem bizarren Totenbett im Wald. Er hatte mich zu der Leiche geführt.

Ich war wie so oft nachmittags zu einem Spaziergang in den Hildesheimer Wald gegangen. Normalerweise bleibe ich dabei auf den Hauptwegen, die sich breit und wie ein Netzwerk durch die urwüchsigen Buchen- und Eichenhaine ziehen. Nur ab und zu ist der Laubwald hier durch künstlich angelegte Tannenschonungen unterbrochen.

Heute hatte ich entgegen meiner Gewohnheit den Weg zu einem dieser düsteren, Licht schluckenden Nadelwäldchen eingeschlagen, als ich den seltsam süßen Duft zum ersten Mal wahrnahm. Ich hatte den Tod noch nie gerochen, und doch überlief mich sogleich ein eiskalter Schauer.

Zunächst hatte ich an verendetes Wild gedacht. Schließlich habe ich unseren Förster schon oft über wildernde Hunde klagen hören. Ich war meiner Nase gefolgt, hatte ab und zu angehalten, um erneut die Richtung auszumachen, aus welcher der Geruch strömte. Angst hatte ich dabei kaum verspürt, dafür war ich viel zu neugierig. Meine Mutter sagte mir immer, dass ich meine Nase viel zu oft in Dinge stecke, die mich nichts angehen, und dass mir das noch einmal zum Verhängnis werden wird. Vermutlich hat sie damit gar nicht so Unrecht.

Ich bin die leibhaftige Verkörperung der aufdringlichen Nachbarin, die immer alles mitkriegen will. Gemeine Zungen nennen das Neugier, ich finde, es ist gutnachbarschaftliche Anteilnahme.

Meine Mitmenschen interessieren mich einfach! Jedenfalls finde ich es allemal faszinierender, zu wissen, mit wem meine Freundin Schnulli gewillt ist, eine Affäre einzugehen, als dasselbe über irgendwelche Stars und Sternchen zu hören, deren Wege den meinen ganz sicher nie kreuzen werden.

Nicht, dass Schnulli sich tatsächlich in ein Liebesabenteuer stürzen würde, aber wir sprechen manchmal beim Tee darüber, wer in Frage käme, falls wir denn doch einmal ernsthaft in Versuchung geraten sollten. Ich stehe heimlich auf Karl Balduin, weil er in seiner Feuerwehruniform so schmuck aussieht. Ganz anders als mein Eugen. Bei dem quillt mit den Jahren immer mehr Bauch über den Hosenbund. Schnulli und ich gucken immer bei den Übungen der Freiwilligen Feuerwehr zu.

Aber ich schweife ab. Wieso ich gerade jetzt auf Männerphantasien komme, ist mir schleierhaft. Vielleicht, weil das Gesicht des Jungen vor mir so schön ist. Selbst jetzt noch, im Tod.

Längst habe ich mein anfängliches Würgen gemeistert. Ich halte ein Taschentuch gegen die Nase gepresst, zum Glück ist es eines mit Menthol, und beuge mich über das Gesicht des Toten. Er ist, war fast noch ein Kind. 13, höchstens 14 Jahre alt. Wahrscheinlich noch nicht einmal konfirmiert. Plötzlich beginnt mein Herz wieder zu rasen. Ich kenne den Jungen! Der trug doch manchmal den Klingelbeutel in der Kirche herum. Helge Möhrens oder Möhring hieß er. Seine Familie war erst vor ein paar Wochen nach Selmstedt gezogen. Aus dem Osten. Hier bei uns würde ja kaum jemand seinen Sohn Helge nennen. Das klingt irgendwie nach Mädchen.

Gar nicht weit neben seinem Kopf liegt ein dicker Steinbrocken, genau so ein Kalkbrocken, wie sie im alten Steinbruch zu hunderten rumliegen, nur dass sich der alte Steinbruch mindestens in zwei Kilometer Entfernung von dieser Tannenschonung befindet.

Neugierig greife ich den Stein, er hat merkwürdig bräunliche Flecken an seiner spitzesten Seite. Ich wiege den Brocken in meiner rechten Hand und langsam wird mir klar, was das für Flecken sind: Blut! Schnell werfe ich die Tatwaffe, denn das war dieser Stein eindeutig, auf den Boden. Er kullert ein bisschen, ehe er zum Stehen kommt.

Was soll ich jetzt tun? Ich kann den Jungen doch nicht hier liegen lassen, aber soll man Tatorte nicht am besten unberührt lassen? Das war jetzt ja sowieso schon zu spät, ich hatte meine Fingerabdrücke über und über auf die Tatwaffe gepresst. Aber das wird die Polizei mir wohl abnehmen, dass ich es nicht gewesen bin!

Wie ich zum Forsthaus gekommen bin, weiß ich nicht mehr genau, jedenfalls stand ich plötzlich bei Hannes Wernher in der Diele und erzählte ihm seltsam ruhig von meinem grausamen Fund. Er kümmerte sich dann um alles, rief die Polizei und Dr. Bremer an. Irgendwer musste den Tod ja offiziell feststellen. Während die Männer im Wald zugange waren, saß ich bei Imken Wernher in der guten Stube und trank Tee. Unter keinen Umständen wollte ich jetzt allein zu Hause sein. Außerdem musste ich mich ja noch für die Vernehmung bereithalten.

„Es wundert mich gar nicht, dass es solch ein Ende mit Helge genommen hat."

Imkens Worte rissen mich aus meinen Gedanken. Neugierig sah ich sie an.

„Pastor Lehmeyer hat sich oft beschwert, wie wenig Geld Sonntag für Sonntag im Klingelbeutel ist, seit Helge ihn trägt. Er hatte den Jungen im Verdacht, sich heimlich zu bedienen."

„Na so viel, dass man dafür jemand umbringt, wird das ja wohl nicht gewesen sein!“

Ich war doppelt entrüstet: Zum einen konnte ich mir nicht vorstellen, dass ein Menschenleben die paar Münzen aufwog, die der Gemeinde da möglicherweise entgangen waren; zum anderen, und das wog schwer, hatte ich von diesem Verdacht unseres Herrn Pastors noch nichts mitgekriegt. Das beleidigte meine angeborene Spürnase. Ich war doch sonst immer die Erste, die alles wusste, was im Dorf vorging!

„Das kann ich mir nicht vorstellen,“ bekräftigte ich noch einmal meine Meinung. „Also Imken, nun mal wirklich: glaubst du, deshalb wird jemand ermordet?“

Imken kam um eine Antwort herum, denn in diesem Moment ging die Tür auf und Hannes steckte seinen Kopf durch den Spalt.

„Traudel, kommst du mal, bitte!“ Es klang eher wie ein Befehl als wie eine Bitte.

Natürlich erzählte ich der Polizei alles, woran ich mich auch nur im Entferntesten erinnern konnte. Der seltsame Geruch, der mich an den Fundort gezogen hatte, das Gesicht des Jungen, das so ruhig und friedlich wirkte, der Stein mit den braunen Flecken, den sie sicher schon selbst gefunden hatten - so weit weg hatte ich ihn ja nicht geworfen -, sogar von Imkens Bemerkung erzählte ich ihnen.

Ich persönlich konnte mir zwar nicht vorstellen, dass der Junge Geld aus dem Klingelbeutel genommen hatte, dafür war er viel zu stolz damit Sonntag für Sonntag durch die Reihen der wenigen

Gläubigen gezogen. Es gehen ja fast nur noch alte Frauen zum Gottesdienst. Der Tod des Jungen musste einen anderen Grund haben, aber welchen?

Er hört mir gar nicht zu! Da habe ich im Hildesheimer Wald eine Kinderleiche gefunden, aber meinen Mann interessiert das nicht. Er stochert in den Pellkartoffeln mit Quark herum, die ich ihm heute Abend aus Zeitmangel und weil er abnehmen soll, sagt jedenfalls Dr. Bremer, zubereitet habe und hört gar nicht hin.

„Eugen, der kleine Helge ist tot!“ wiederhole ich, aber er legt ganz in Gedanken seine Gabel beiseite und nimmt einen langen Schluck aus seinem Bierglas. Sein Blick ist sonst wohin gerichtet, nur nicht auf mich.

Ist das immer so? Ist meine Ehe ein bloßes Nebeneinanderher? An wen denkt er, wenn er so ganz offensichtlich nicht bei sich ist? Träumt er von anderen Frauen, wie ich von Karl Balduin?

„Eugen!“ Ich werde lauter. „Jetzt hör doch mal zu!“

Überrascht schaut er mich an. „Ach, Trudchen, entschuldige, ich habe ein Problem im Büro. Was gibt es denn?“

Aber jetzt bin ich eingeschnappt und sage erst einmal gar nichts mehr. Jetzt stochere ich in den Kartoffeln.

„Trudchen, sei doch nicht böse.“

„Nenn’ mich nicht immer Trudchen, ich heiße Gertraud!“

„Ja, aber alle Welt nennt dich Traudel.“

„Eben, Traudel, aber nicht Trudchen. Trudchen klingt nach Apricotpudel.“

Eigentlich will ich jetzt muksch bleiben, einfach den ganzen Abend nicht mehr mit Eugen sprechen. Dann sieht er wie das ist, wenn einen einer immer nur anstarrt, ohne was zu sagen. Aber Eugen platzt einfach aus sich heraus. „Apricotpudel, köstlich,“ lacht er immer wieder, und ich kann ihm nicht böse sein, wenn er so lacht.

„Mit deinem Buchhalterproblem kommt es bestimmt nicht mit,“ sage ich langsam und betont. Den Pikser muss ich mir noch erlauben. Und dann hole ich zum Tusch aus: „Ich habe den jungen Helge Möhring heute tot im Wald gefunden.“

Eugen fiel die Gabel aus der Hand. Laut klirrte sie auf dem Küchenboden. „Mit so etwas macht man keine Scherze,“ sagte er.

„Ich scherze nicht. Helge ist tot, und ich habe ihn gefunden.“

Und dann tat Eugen etwas, das mir wieder zeigte, warum ich ihn mir eigentlich einmal ausgesucht habe. Er stand wortlos auf, ging zu mir, zog mich hoch und nahm mich in die Arme. Immer wieder streichelte er mir über die Haare. Das mag ich eigentlich nicht, wenn er mir den Dutt so durcheinander bringt, aber es tat gut. Endlich schossen mir die Tränen in die Augen. Ich schluchzte noch bis spät in die Nacht in Eugens Armen.

„Du musst mir alles erzählen, jede Kleinigkeit! Jedes Detail kann wichtig sein!“ Schnullis ganze Leidenschaft gilt neben der guten Erziehung ihrer beiden Söhne Kriminalgeschichten. Auf ihrem Wohnzimmertisch liegen sie gleich stapelweise. Und Sonntagabend, zur Tatort- oder Polizeiruf-Zeit, darf man sie nie stören, da geht sie noch nicht einmal ans Telefon, obwohl Ferngespräche sonst auch zu ihren Hobbys gehören.

„Da steckt bestimmt dieser Lehmeyer dahinter, der tut nur so fromm, aber glaub es mir, der hat es faustdick hinter den Ohren. Ich wette mit dir, der ist nur Pastor geworden, weil er da nur sonntags arbeiten muss und noch dazu das feinste Haus im Dorf umsonst beziehen darf!"

Schnulli mag unseren Herrn Pastor nicht besonders. Das liegt daran, dass sie einmal bei ihm in Stellung war, und er sie beim Schnüffeln erwischte. Wir teilen eine Vorliebe für Geheimnisse, für Neuigkeiten, die andere lieber für sich behalten würden. Pastor Lehmeyer schnappte Schnulli, als sie in seiner Küche Briefe über Wasserdampf öffnen wollte. Sie war sich damals sicher, dass er in dunkle Geschäfte verstrickt war - Hinterziehung von Kirchengeldern oder so etwas - und hatte seine Bankpost heimlich kontrollieren wollen. Natürlich verlor sie sofort ihren Job. Das Ganze ist jetzt schon Jahre her, es war ja noch vor ihrer Ehe, aber Schnullis Verhältnis zu unserem Diener Gottes hat sich nie erholt. Es geht sogar so weit, dass sie an Weihnachten mit ihren Jungs nach Gronau zum Gottesdienst fährt. In unsere Kirche will sie erst wieder, wenn Lehmeyer, dieser Heuchler, versetzt oder endlich erwischt wird, sagt sie immer.

Dass Schnulli unseren Pastor verdächtigte, war also nichts Besonderes. Sie traut ihm und ihm allein alle Missetaten zu, die in einem so kleinen Ort wie Selmstedt passieren können. Aber je länger ich nachdachte, glaubte auch ich, dass Helges Tod mit seinem Dienst als Klingelbeutelträger zusammenhing. Vielleicht hatte er dabei irgendein Geheimnis erfahren, war Schnullis Tipp für das Motiv.

Unser Plan war einfach: Wir mussten Minna Helms dazu bringen, krankzumachen und mich als Vertretung vorzuschlagen, Schnulli schied ja von vornherein aus. Einen Hexenschuss könnte Minna sich zuziehen. Das wäre eine gute Ausrede.

Minna ist seit Schnullis Rausschmiss Lehmeyers Hausangestellte. Also schon seit über zwanzig Jahren. Sie war nie sehr hell im Kopf, aber kochen kann sie wie keine. Früher haben Schnulli und ich sie immer in der Schule abschreiben lassen, und deshalb fühlt Minna sich uns verpflichtet. Ihren Schulabschluss hat sie nur geschafft, weil ich während ihrer schriftlichen Prüfungen auf dem Klo saß, und sie, eine schwache Blase vortäuschend, öfter austreten musste. So konnte sie mir die Aufgaben bringen und gelöst wieder abholen. Das hat sie nie vergessen. Schnulli und ich auch nicht! Wir erinnern uns immer wieder gern daran, wenn wir etwas von Minna brauchen. Normalerweise sind das Kuchen und Torten für Familienfeiern. Aber in diesem Fall wollten wir, oder besser gesagt ich, denn nur ich kam ja dafür in Frage, ihren Job.

„Also ne, Kinners, ich weiß nich'!" Minna zierte sich am Anfang noch etwas. Aber schließlich gab sie nach. Dazu trugen nicht nur die aufgefrischten Erinnerungen an unsere gemeinsame Schulzeit bei, sondern auch und vor allem ein paar kräftige Schlucke von Schnullis bestem Aufgesetzten. Schon am nächsten Tag trat ich Minnas Vertretung bei Pastor Lehmeyer an. Der kleine Helge war da genau drei Tage tot. Die Spur also noch ziemlich frisch, während der Täter beginnt, sich in Sicherheit zu wiegen und unvorsichtig wird. So jedenfalls sehen das Schnullis Kriminalautoren. Ich hatte einen Monat Zeit, denn solange, hatte Dr. Bremer gemeint, würde Minna voraussichtlich das Bett hüten müssen. Mit dem Rücken sei bei ihrem Übergewicht nicht zu scherzen, hatte er gesagt, als Schnulli und ich ihm Minnas Symptome über Telefon beschrieben.

Die erste Woche konnte ich rein gar nichts Verdächtiges ausmachen. Lehmeyer führte ein vorbildliches Leben. Nur einmal kam es zu einem peinlichen Zwischenfall, das war letzten Freitag. Ich hatte ihm das Badewasser eingelassen und wollte, bevor ich ging, nur noch einmal checken, ob das noch warm genug war. Unseren Pastor wähnte ich in seinem Arbeitszimmer. Nie hätte ich geglaubt, er würde seine Hosen runterlassen, während ich noch im Haus wirtschaftete. Aber da stand er mit splitternacktem Hintern und hielt sich an dem wackligen Regal über der Badewanne fest, um über den hohen Rand der Sitzwanne zu steigen. Ich konnte nur schnell „Oh, Entschuldigung!" stammeln und flüchtete nach Hause. Am darauf folgenden Montag sagte er zum Glück nichts dazu, und ich hielt auch meinen Mund.

Schnulli hielt ihn für einen, der sich nackt zeigen muss. „Ich sag's dir, der hat es faustdick hinter den Ohren. Ein Perversling ist das! Wenn das man nicht der Grund war, weshalb er den armen Helge umgebracht hat."

Immer neue Szenarios entwickelte sie aus einer Mischung von eigener Phantasie und letztem Krimi, den sie verschlungen hatte.

Als die Polizei schließlich auch zum Verhör ins Pfarrhaus kam, wischte ich zwar sehr dicht an Lehmeyers Amtszimmer die Fliesen des Flurs, aber hören konnte ich nichts. Das lag an der doppelten Tür, die Lehmeyer an seinem Büro hatte anbringen lassen. Die war nicht nur doppelt sondern auch noch gepolstert. Wohl eine Vorsichtsmaßnahme aus Zeiten, als Schnulli in Lehmeyers Diensten stand.

Ich wollte schon die Flinte ins Korn werfen, denn zu Hause hatte ich es jetzt furchtbar anstrengend; mein Eugen wollte ja nach wie vor sein Abendessen um Punkt sechs auf dem Tisch stehen haben. Ganz zu schweigen davon, dass ich jeden Tag ziemlich müde von Pastor Lehmeyer nach Hause kam und dann noch meinen ganzen Haushalt zu erledigen hatte. Diese Belastung würde ich nicht lange aushalten können, nölte ich Schnulli ins Ohr, wenn wir spät nachts noch telefonierten.

Aber dann geschah es plötzlich. Schon über zwei Wochen nach Helges Tod war es. Ich war gerade dabei in der Stube das alte schwarze Telefon zu putzen, als ich etwas entfernt Stimmen hörte. Ich brauchte ein bisschen, ehe ich begriff, dass ich über das Stubentelefon sämtliche Telefonate aus dem Amtszimmer mithören konnte. Dass ich das nicht eher gemerkt hatte! Neugierig hielt ich den Hörer an mein rechtes Ohr und lauschte.

„...muss doch irgendwann verschwinden!“ Das war eindeutig Lehmeyer.

„Aber doch nicht so, dafür gibt es doch heute viel bessere Methoden,“ raunte eine Stimme, die mir merkwürdig bekannt vorkam. Wo hatte ich sie nur schon gehört?

Worüber sprachen sie nur? Womöglich darüber, wie Lehmeyer den armen Helge zum Verschwinden hatte bringen wollen, oder vielleicht wollte der Pastor selbst fliehen? Oder wollten sie den mit Blut besudelten Stein verschwinden lassen? Die Stimme war vielleicht von einem der Polizisten, die mich verhört hatten und kam mir deshalb bekannt vor. Steckte die Polizei gar mit Lehmeyer unter einer Decke?

„...wird viel zu gefährlich,“ hörte ich jetzt wieder die Stimme flüstern.

Ich ließ vor lauter Schreck den Hörer fallen. Die sprachen von mir! Ich wurde zu gefährlich, ich sollte verschwinden, um die Ecke gebracht werden. In Panik warf ich Staubwedel und –tuch von mir, riss mir die Schürze ab und floh aus dem Pfarrhaus!

Atemlos trommelte ich gegen Schnullis Haustür. Zum Glück war sie zu Hause. Nachdem ich ihr alles erzählt hatte, waren wir uns einig. Die Polizei würde Lehmeyer nie verhaften. Sie ließen ja schon überall drucken, dass vermutlich ein Landstreicher an Helges Tod Schuld habe. Schnulli hatte mir die Schlagzeile der Leine-Deister-Zeitung unter die Nase gehalten, die ich noch gar nicht gesehen hatte. „Verschwörung," hatte sie dabei geflüstert. Je länger wir überlegten, umso deutlicher wurde uns klar, dass wir selbst für Gerechtigkeit würden sorgen müssen.

Unser Plan war ganz einfach. Ich hätte nie geglaubt, dass das klappen könnte! Ich musste nur zurück ins Pfarrhaus und so tun, als hätte ich nichts von dem Gespräch mitgehört. Ruhig machte ich bald dort weiter, wo ich nur eine halbe Stunde zuvor panisch mein Putzzeug hatte fallen lassen. Unser Pastor hatte von meinem ‚Ausflug' gar nichts bemerkt. „Da sind Sie ja, Traudel," sagte er plötzlich dicht hinter mir. Eisige Schauer liefen mir über den Rücken. Beinahe hätte ich vor Schreck aufgeschrien. „Denken Sie daran, dass heute Freitag ist?"

Als ob ich das vergessen könnte, das gehörte ja mit zu Schnullis und meinem Plan. Der war nämlich gewesen, die Schrauben des sowieso schon wackligen Regals über der Badewanne zu lösen.

In dem Moment, in dem Pastor Lehmeyer den Fuß ins Wasser setzen würde, würde das Regal samt verkabeltem Transistorradio zu ihm ins Badewasser rutschen. So erklärte es dann auch Dr. Bremer, der zu dem Toten gerufen worden war.

„Ein tragischer Unfall," sagte er. „Und das, wo ich ihn gerade gestern erst davon hatte überzeugen können, dass er sich endlich seinen Hautkrebs wegmachen lässt.“ Mir wurde ganz heiß. Endlich wusste ich, zu wem die andere Stimme gehörte.

Ob tatsächlich ein Landstreicher oder aber doch Pastor Lehmeyer schuld an Helges frühem Tod war, konnte nie endgültig geklärt werden.

„Die Rache des Herrn,“ soll Imken Wernher geflüstert haben, als sie von Lehmeyers ‚Unfall‘ hörte. Schnulli und ich wussten es zwar besser, wollten unser Wissen dieses eine Mal aber nicht unbedingt unter die Selmstedter streuen. Wir behielten es für uns und beteten Sonntag für Sonntag nebeneinander um Vergebung. Wenigstens konnte Schnulli jetzt wieder in unsere Kirche gehen.

DIE SCHWESTERN

Ich weiß noch nicht wie, aber ich muss sie loswerden! Immer ist es das Gleiche: Kaum habe ich einen interessanten Mann kennen gelernt, schon schmeißt sie sich an ihn ran. Richtig schamlos wird sie dann! Kichert blöd und dreht mit dem linken Zeigefinger an ihren blonden Korkenzieherlocken. Dabei sind die gar nicht echt! Das weiß ich genau. Meine Haare sind mausgrau und von Locken keine Spur. Sie hängen eher wie Spaghetti von meinem Haupt. Also können Isis nicht blond und gelockt sein. Das geht schon aus genetischen Gründen nicht. Wir sind vor 53 Jahren nämlich als eineiige Zwillinge zur Welt gekommen.

Dass wir heute rein optisch so wenige Gemeinsamkeiten haben, liegt an den zahlreichen chirurgischen Eingriffen, die Isi hat machen lassen. Mit dem Erbe von Otto konnte sie es sich ja leisten. Den hatte sie aus reiner Berechnung geheiratet. Jedenfalls hatte sie mir damals nichts vormachen können. Mitte zwanzig und gab vor, einen Sechzigjährigen zu lieben! So dämlich konnte auch nur ein Mann sein, das zu glauben. Schadet Otto gar nichts, dass er so kurz nach der Hochzeit das Zeitliche segnen musste. Insgeheim bin ich ja davon überzeugt, dass Isi dabei etwas nachgeholfen hat. Aber wie, das weiß ich nicht. Es passierte in Südamerika, Brasilien glaube ich, auf ihrer Hochzeitsreise. Sie gab bei ihrer Rückkehr die trauernde Witwe, und er kehrte als Asche in einer silbernen Urne nach Weilersbach zurück.

Wenn ich damals nur geahnt hätte, wie sie es gemacht hat, ich hätte der Polizei nur zu gern einen Tipp gegeben. Obwohl, genutzt hätte das wohl kaum noch was, an Asche kann auch der beste Gerichtsmediziner nichts mehr nachweisen, glaube ich zumindest.

Jetzt macht sie mit Karl das Gleiche wie mit allen anderen, sie wickelt statt der Locke ihn um ihren kleinen Finger. Karl habe ich beim Bingo kennen gelernt. Er sieht ganz nett aus. Ist erst fünfzig und hat einen knackigen Hintern. Ich achte auf so etwas, selbst wenn sich das nicht schickt. Über mein Alter habe ich mich ausgeschwiegen. Männer aus Karls Generation haben, glaube ich, Schwierigkeiten damit, wenn die Frau älter ist, selbst wenn es nur drei Jahre sind. Die müssen uns gegenüber immer den Überlegenen spielen, egal ob in der Größe, dem Wissen oder dem Alter.

Karl ist bei der Polizei. Aber nur ein kleiner Beamter, regelt den Verkehr, wenn die Ampel mal ausfällt und sitzt sich ansonsten seinen hübschen Hintern am Schreibtisch platt. Trotzdem tut er so, als könne er jeden Krimi vorhersagen. Das stört ganz schön. Besonders wenn ich einen ‚Tatort' im Fernsehen genießen möchte. Er macht dann ständig Kommentare über Motive, Tatverdächtige und so. Schmeißt mit Fachjargon nur so um sich. Statt die Klappe zu halten und den Schauspielern zuzuhören. Man kriegt ja gar nicht mit, um was es geht!

Von Isi und meinem Verdacht bezüglich Ottos frühem Verscheiden habe ich ihm nur erzählt, um ihn zu beeindrucken. Und dann ließ er nicht mehr locker, wollte sie unbedingt kennen lernen.

„Anni,“ sagte er, „Mord verjährt doch nicht!“

Ich wollte erst nicht. Ich weiß ja, was passiert, wenn Männer, für die ich mich interessiere, auf meine Zwillingsschwester treffen: ich werde zu Luft, gehe irgendwie in der Tapete auf, und Isi steht wieder einmal im Mittelpunkt. Aber dann habe ich Karl geglaubt, dass es ihm vor allem um Gerechtigkeit geht. Und die Möglichkeit, Isi einmal richtig eins auszuwischen, die reizte mich vielleicht zu sehr.

„Annabelle ist die Ältere von uns beiden, genau viereinhalb Stunden,“ flötete meine Schwester, kaum dass Karl seinen ersten Schritt in unseren Flur gesetzt hatte. Eigentlich gehört das Haus ja nur Isabelle, sie hat es von Otto geerbt, aber dafür, dass ich ihr den Haushalt führe, lässt sie mich im Souterrain wohnen.

Das ist nett von ihr! Sie könnte auch irgendeine arme Russlanddeutsche als Dienstmädchen anstellen. Die wäre über den düsteren Halbkeller sicher froh. Aber ich fühle mich erniedrigt. Nicht, dass ich Isi das jemals zeigen würde! Die Genugtuung gönne ich ihr nicht! Trotzdem nagt da etwas in mir, wenn ich sie Morgen für Morgen in ihrem Seidennachthemd die breite Treppe hinunterschweben sehe. Ganz Isi, die Schönere.

Ich gehe dann meistens gerade mit meinem Flanellpyjama aus gekämmter Baumwolle in die Küche, um ihren Grapefruitsaft zu pressen.

Ich weiß nicht, ob das bei allen Schwestern so ist, Isi und ich haben eigentlich seit unserer Geburt immer und um alles konkurriert: die Liebe unserer Mutter, die Anerkennung unseres Vaters, wer bekommt die besseren Noten in der Schule, wer angelt sich den schönsten Jüngling beim Tanz; ein ständiger Kampf, den Isi mit ihren Schönheitsoperationen dann eindeutig für sich entschied.

Karl machte da leider keine Ausnahme. Er verfiel dem koketten Gehabe meines ungleichen Zwillings, noch ehe sein prachtvoller Arsch auf dem roten Plüschsofa im feinen Salon Platz genommen hatte. Von dem armen Otto und dessen zu frühen Tod war keine Rede mehr. Der blieb den ganzen langen Nachmittag über vergessen. Statt geschickte Fangfragen zu stellen, lächelte Karl Isi versonnen an, ließ keinen Blick von ihren tiefrot geschminkten Lippen, während sie drauflosplapperte. Er weidete sich sogar an ihrem albernen Gekicher.

Ich durfte derweil den Kaffee nachschenken.

„Anni macht mir den Haushalt, die gute Seele, ich bin ja zu ungeschickt für die praktischen Dinge des Lebens, nicht wahr, Schwesterherz?"

Ich hasste sie! Ich glaube, in diesem Moment, als sie mir wieder einmal nur so zum Spaß einen meiner Bekannten wegschnappte, hasste ich sie wie noch nie zuvor!

Seitdem überlege ich, wie ich sie mir vom Hals schaffen kann. Möglichst unauffällig natürlich. Abends schleiche ich mich heimlich in Ottos Bibliothek im ersten Stock und stöbere in seiner Krimisammlung. Er hat Wände voller mörderischer

Belletristik gesammelt, aber auch wissenschaftliche Abhandlungen über Gifte im Alltag. Ich glaube, Isabelle hat noch nie einen Blick in die Bücher ihres verstorbenen Mannes geworfen. Sie liest höchstens Modezeitschriften. Von denen hat sie fast jede abonniert, die es auf dem Markt gibt. Lernen kann man aus deren Minitexten unter Hochglanzfotos gar nichts.

Gute Kriminalromane sind dagegen eine inspirierende und gleichzeitig gefährliche Lektüre. Agatha Christie zum Beispiel hat sämtliche Todesarten in ihren Büchern zuvor auf das Genaueste recherchiert. Nicht der kleinste Fehler ist ihr unterlaufen. Ich hole mir gern Anregungen bei den exakten Beschreibungen der Sterbefälle in ihren Geschichten.

Karl kommt noch oft zu Besuch, aber nicht mehr zu mir. Durch mich scheint er hindurchzugucken. Für ihn bin ich endgültig auf die Stufe des Personals abgerutscht, das lautlos und unscheinbar zu sein hat. Nur noch Augen für meine Zwillingsschwester hat er. Dass sie vermutlich eine frei herumlaufende Mörderin ist, ist ihm egal. Das hat er wohl schon längst wieder vergessen.

Arm in Arm schreiten sie nach dem von mir servierten Tee durch den schönen Rosengarten. Den pflege ich auch, obwohl Isi mir sagte, dass ich das nicht tun muss. Sie geht selbst gern zu den Blumen, buddelt zu stark vermehrte Lilienknollen aus, schneidet Forsythiensträucher zurück oder knipst Hagebutten von den Hundsrosen. Der Garten ist der einzige Ort, an dem ich meine Schwester habe schwitzen sehen, selbstverständlich in Handschuhen! Sonst macht sie im Haus keinen Finger krumm. Dafür bin ich ja da.

Deshalb wundert es mich auch so, dass sie heute einmal selber kochen will. Karl ist wieder eingeladen. Da will sie sich wohl mit ihren Kochkünsten schmücken. Ich zweifele insgeheim ja, dass sie ein Spiegelei richtig braten kann. Vermutlich lässt sie alles von einer Catering-Firma kommen und tut dann vor Karl so, als habe sie selbst in der Küche gestanden.

Jedenfalls darf ich heute nicht da rein, das hat sie ausdrücklich verboten. „Anni, du kümmerst dich um Karl, während ich die letzten Handgriffe am Herd vornehme!“ befahl sie mir, als ihr Gast zu früh erschien. Sie sah blendend aus, trotz verschwitzter Lockenpracht, die an ihrer Stirn klebte. Ihre fleckfreie Rüschenschürze hatte sie sicher aus einem dieser teuren englischen ‚House and Home’-Katalogen kommen lassen, in denen sie manchmal blätterte.

„Ihr könnt ja noch rasch einen Portwein genießen. Du isst doch mit, Schwesterlein, oder?“

Ich war sprachlos. Sie schob uns ins Esszimmer, drückte mir zwei Kristallgläschen in die Hände und Karl die Portweinflasche und verschwand mit einem theatralischen Seufzer wieder in der Küche.

Die Stimmung zwischen Karl und mir war etwas angespannt. Ich konnte und wollte ihm nicht verzeihen, dass er unsere Freundschaft und auch den armen Otto so schnell vergessen hatte, und das sagte ich ihm auch.

„Aber Anni, da täuscht du dich, deine Schwester könnte doch nie jemanden etwas zu Leide tun! Davon habe ich mich in den vergangenen Wochen bestens überzeugen können. Ich habe in ihrer Vergangenheit gegraben, ohne dass sie auch nur im Mindesten Verdacht schöpfte, welch unmäßige Vorwürfe du gegen sie erhebst. So reagiert nur jemand, der ein ruhiges Gewissen hat." Karl war der glühende Verteidiger Isis Unschuld. Ich beschloss, besser den Mund zu halten.

Stumm löffelte ich dann auch die Nudelsuppe und später die Nierchen in Sherrysoße und das Püree aus Süßkartoffeln in mich hinein. Ausnahmsweise brachte Isabelle selbst die gefüllten Teller zum wirklich geschmackvoll gedeckten Tisch (vielleicht lässt sich doch etwas aus ihren Modezeitschriften lernen) und räumte auch allein wieder ab. Als Nachtisch gab es flambierten Kirschlikör über Vanilleeis. Alles schmeckte so ausgezeichnet, wie ich es nie für möglich gehalten hätte. Aber ich würde mir lieber die Zunge abbeißen, als meine Schwester zu loben, noch dazu vor Karl!

Erst als wir beim Kaffee angelangt waren, musste ich sozusagen als Dankeschön für die nette Einladung zum Essen ihre ungeahnten Kochfähigkeiten erwähnen. „Ach Schwesterchen, da nicht für," sagte sie lächelnd. In ihren Augen erschien ein seltsamer Glanz, als sie hinzufügte: „Das gleiche Menü habe ich bislang nur einmal in Brasilien ausprobiert. Auch Otto, Gott hab ihn selig, hat meinem Batatenpüree dort sehr zugesprochen!"

Da ging mir dann endlich ein Licht auf, aber wohl zu spät für Karl und mich. In den wissenschaftlichen Abhandlungen über Alltagsgifte, die in Ottos Bibliothek standen, hatte ich nämlich auch gelesen, wie sehr Lilienknollen den Süßkartoffeln glichen, nur dass ein Püree aus Ersteren hochgiftig ist...

HANSI

Irgendetwas hat mich wach werden lassen. Aber was? Draußen ist es noch stockdunkel. Ich fühle eine seltsame Unruhe in mir. So hart ich auch nachdenke, ich kann mich an keinen Alptraum erinnern. Trotzdem liege ich völlig verschwitzt in meinem Bett. Das Laken klebt widerlich an meinen Oberschenkeln, mein hoch gerutschtes Nachthemd fühlt sich besonders um Bauch und Rücken herum feucht vom Schweiß an. Dabei ist es im Zimmer eher kalt. Ich drehe die Heizung abends auf 15 Grad herunter. Um zu sparen, und weil das gesünder ist. Normalerweise schlafe ich sogar bei offenem Fenster. Nur jetzt im Winter nicht, da würde das Thermostat den Brenner die ganze Nacht nicht zur Ruhe kommen lassen, trotz oder gerade wegen der vorgegebenen 15 Grad.

Die Leuchtziffern und -zeiger meiner Nachttischuhr zeigen halb vier. Merkwürdig. Was hat mich nur so früh geweckt? Ich habe doch sonst nie Probleme mit dem Schlaf. Andere Frauen meines Alters haben da richtige Gesundheitsstörungen. Ellen zum Beispiel, die klagt mir oft stundenlang am Telefon vor, dass sie wieder kaum habe schlafen können. Ich nicht. Ich gehe so gegen zehn zu Bett, lese noch ein bisschen und schlafe dann immer bis sechs, halb sieben durch. Manchmal bin ich auch schon um halb sechs wach. Aber halb vier, das ist nicht normal!

Angestrengt lausche ich in das Dunkel der Nacht. Vielleicht war es ja ein Geräusch aus dem

Garten? Ich wohne am Dorfrand, ziemlich einsam, das hat mir früher manchmal Angst gemacht.

Der Wind fährt kräftig durch die Äste meiner Eichen. Ich höre, wie er sich oben am Berg sammelt und dann durch meinen Garten rauscht bis ins Tal. Wie ein gigantisches wildes Tier, das sich endlich aus seinen Ketten gelöst hat.

Acht Eichen habe ich auf meinem Grundstück stehen. Das ist fast wie ein kleiner Park. Eigentlich hatte ich Herbert unter ihnen beerdigen wollen, aber so etwas ist verboten. Wir gehören hier zum Trinkwassereinzugsgebiet der Rhein-Main-Gegend. Da dürfen keine Toten in die Erde gebettet werden. Selbst wenn es nur Hunde oder Katzen sind.

Einen Tierfriedhof gäbe es dafür in der Großstadt, sagte mir Helmut Retzlaff damals auf dem Rathaus. Dabei wusste der da schon, dass der Tierfriedhof nicht umsonst ist. Es wird doch mit allem ein Geschäft gemacht, selbst mit dem Tod unserer Lieblinge.

Ich bin dann mit dem toten Herbert in einer Reisetasche in die Stadt gefahren. Das war nicht leicht. Er war ja ein stattliches Tier gewesen, fast vierzig Kilo zum Schluss. Aber als ich die Reihen von Kreuzen und Grabsteinen sah, wurde mir ganz anders. Sprüche standen da drauf, die glaubt man nicht. ‚Eure Augen gebrochen, eure Schnäuzchen stumm, meine geliebten Hunde, warum?' Derartigen Kitsch wollte ich meinem Herbert selbst im Tod nicht antun. Er war immer ein so ernster Charakter gewesen. Außerdem war mir bei dem Anblick der gepflegten Grabstätten schnell klar geworden, dass das nicht umsonst sein konnte.

Ich habe mich dann mit Herbert in einen Wald fahren lassen. Der Taxifahrer guckte ganz erstaunt, was eine alte Frau wohl mit einer schweren Reisetasche und einem Spaten mitten im Wald wollte. Den Spaten hatte ich günstig in einem Supermarkt direkt beim Tierfriedhof erstanden. Vermutlich dachte der Mann, ich sei einer Irrenanstalt entlaufen. Alte Menschen werden ja schnell als verwirrt angesehen, wenn sie etwas außer der Reihe tun. Er fuhr dann trotzdem weg, ohne allzu viele Fragen zu stellen. Natürlich erst, nachdem er auch das Geld für seinen Rückweg kassiert hatte.

Manchmal denke ich, es lohnt gar nicht mehr, auf der Welt zu sein. Es ist alles so berechnend geworden. Wir Alten sind nur noch da, um zu zahlen. Selbst die Einkäufe, die Tobias, der Nachbarsjunge, manchmal für mich macht, sind keine Gefälligkeiten. Ich drücke ihm ja regelmäßig ein Geldstück dafür in die Hand. Sonst würde er lieber Skateboard fahren, statt mir frisches Brot zu holen. Ich mache mir da keine Illusionen.

Wenn Hansi nicht wäre, ich glaube, ich hätte meinem Leben schon längst ein Ende gesetzt. Was soll ich denn noch hier? Die Zukunft liegt nicht mehr als vielversprechende Zeit vor mir, so wie früher. Sie ist ein ewig Gleiches. Berechenbar. Das nimmt dem Leben jeden Glanz. Der einzige Lichtblick in meinem Tagesablauf ist, wenn es abends einen guten Film im Fernsehen gibt. Dann kann ich für glückliche Momente vergessen, dass mein Körper kraftlos geworden ist.

Früher bin ich gern geschwommen. Ich war stolz auf meine muskulösen Oberarme, wenn ich pfeilschnell durch die Fluten schoss. Selbst wenn die Fluten nur selten das Meer und viel öfter die Badeanstalt hier im Dorf waren. Wie Stahl fühlten sich meine Bizepse an. Heute hängen sie schwabbelnd von meinen Knochen. Alt werden bedeutet, seinen eigenen Verfall zu erleben. Die Zähne fallen aus, die Augen werden schwach, der ganze Körper wird langsam aber sicher mit Ersatzteilen angefüllt. Warum die Menschen nur so erpicht darauf sind, ein biblisches Alter zu erreichen? Das macht doch nur Sinn, wenn man sich noch bewegen kann.

Ich habe zuerst nur einen Stock gebraucht, wenn ich die Treppen runter wollte und bei langen Spaziergängen. Das war kurz nachdem Herbert mich für immer verlassen hatte. Dann brauchte ich ihn plötzlich auch, wenn ich aus dem Sessel aufstehen wollte. Heute schiebe ich so eine Art Käfig auf Rädern mit mir herum. Den Haushalt kann ich schon lange nicht mehr machen. Dafür kommt jetzt zweimal in der Woche eine Frau von der Sozialstation. Die wechseln ständig, sind meistens Ausländerinnen. Weil sie so wenig verdienen. Deutsche würden für den Hungerlohn lieber gar nichts tun. Manchmal verstehe ich sie noch nicht einmal richtig. Sophie heißt die Neue. Spätaussiedlerin aus Russland ist sie. Vermutlich hatte sie einen deutschen Urgroßvater und damit Anspruch auf die Staatsbürgerschaft. Verdenken kann ich es ihr nicht, dass sie ihr Glück hier versuchen will. Sie ist ja noch jung. Da will und kann man die Welt erobern, sich was aufbauen.

Vor Sophie kam eine Chinesin. Die machte mir Angst! Wie die mit ihren dunklen Augen nach Hansi guckte. So als wollte sie ihn am liebsten gleich in einen Kochtopf werfen. Weiß man doch, dass Kanarienvögel in anderen Ländern durchaus auf der Speisekarte stehen.

Wenn ich das hier noch aushalte, dann nur Hansi zuliebe. Er braucht mich! So wie Herbert mich früher gebraucht hat. Mit Herbert musste ich Gassi gehen, das fällt bei Hansi zum Glück nicht an. Ich könnte es ja gar nicht mehr. Aber ein Vogel möchte täglich frisches Trinkwasser und Futter und mindestens einmal pro Woche neuen Sand. Das dankt er einem dann durch wunderschönes Gezwitscher. Hansi kann einen ganzen Morgen singen und wird nicht müde. Er ist mein Sonnenschein!

An den Tagen, an denen niemand von der Sozialstation kommt, und ich auch kein Brot brauche, ist er oft das einzige Wesen, mit dem ich spreche. Ich kann ja nicht mehr oft mit Ellen telefonieren. Seit sie so weit weg im Altersheim lebt, käme das viel zu teuer. Und sie ruft höchstens einmal im Monat von sich aus an.

Schlafen kann ich jetzt bestimmt nicht mehr. Es ist ja schon fast fünf. Ob ich schon aufstehen soll? Was mich nur so früh geweckt hat? Ich fühle mich immer noch so unruhig! So als wäre oder würde noch etwas Furchtbares geschehen.

Der Wind hat zugenommen. Er heult wie ein gereiztes Tier. Rüttelt an den Eichen, zerrt an ihren Ästen, als wolle er sie alle mit sich fortreißen.

Ich setze mich mühsam auf die Bettkante. Es hat ja doch keinen Sinn, hier wach zu liegen und in Erinnerungen zu vergehen. Vielleicht werde ich Hansis Käfig schon aufdecken? Dann kann er mir etwas vorsingen. Das vertreibt die bösen Vorahnungen sicherlich.

Mit dem rechten Arm muss ich mich auf meinen Schiebekäfig stützen, während ich mit der linken Hand an dem Handtuch über Hansis Käfig ziehe. Meine ganze rechte Seite ist nach einem Schlaganfall fast unbrauchbar geworden. Das ist oft lästig. Besonders bei so albernen Handgriffen, wie ein Tuch von Hansis Käfig zu ziehen. Dabei kann doch eigentlich nichts schief gehen. Aber nein, heute ist der Wurm drin. Ein Faden hat sich wohl an einem Metallstäbchen verfangen. Das blöde Tuch rutscht einfach nicht richtig. Wütend versuche ich es mit einem energischen Ruck, und dann gibt das Tuch nach.

Ich mag nicht glauben, dass das, was ich sehe, wirklich wahr ist. Mein kleiner Hansi sitzt nicht wie jeden Morgen fröhlich ins Licht blinzelnd auf seinem Stöckchen. Stattdessen liegt ein gelber Fleck auf dem Käfigboden. Wo habe ich denn meine Brille nur gelassen? Ich muss doch Hansi helfen. Wenn er nun verletzt ist. Aber wovon? In seinem Käfig ist er doch sicher, da kann ihm doch gar nichts passieren. Endlich finde ich das blöde Ding in der Tasche meines Morgenmantels. Ich setze die

Brille auf und kann immer noch nicht glauben, dass das mein Hansi ist. Dieses Bündel gelber Federn, das wie leblos auf dem aschfarbenen Vogelsand liegt.

Stunden später sitze ich noch immer wie erstarrt vor einer Tasse kalten Tees. Das hatte mich also geweckt: Hansis Tod. Er geht mir näher als damals bei Herbert. Dieses winzige Lebewesen stellte zum Schluss den ganzen Sinn meines Lebens dar. Es füllte meinen Alltag mit Freude. Einen neuen Vogel werde ich mir kaum anschaffen wollen, wer weiß, wie lange ich noch für ihn werde sorgen können. Ich stehe doch selbst schon mit einem Bein im Grab.

Zum ersten Mal kann ich verstehen, warum jemand einen Platz auf einem Tierfriedhof bezahlt. Dann hat man was, was man pflegen kann, ohne deshalb gleich unsterblich sein zu müssen. Eine Aufgabe, die die Tage füllt und nicht elend zugrunde geht, wenn man selbst endgültig das Handtuch wirft. Nicht, dass ich deshalb jetzt eine letzte Ruhestätte für Hansi kaufen werde, so viel Geld habe ich gar nicht. Geschweige denn, dass ich ein Grab pflegen könnte. Aber ich kann sie verstehen, die Menschen, die so einsam sind, dass sie ihre Tiere noch im Tod nicht aufgeben möchten, weil es sonst niemand in ihrem Leben gibt. Niemand, für den sie wichtig sind, oder der für sie von Wichtigkeit wäre.

Zu dem Wind hat sich jetzt ein Regen gesellt, der unaufhörlich gegen die Fensterscheiben peitscht. Er ist unheimlich, dieser Sturm. Wie ein allerletztes Aufbegehren der Natur. Er ruft mich.

Langsam rühre ich noch etwas Honig in meinen Tee. Obwohl mit links alles so lange dauert, habe ich einen Frischen aufgeschüttet. Das ist es mir wert. Wie der zähflüssige, goldgelbe Bienenhonig im heißen Tee Schlieren zieht. Seine intensive Süße überdeckt den bitteren Geschmack des Arsens fast völlig.

HERBST

Ich habe den Herbst schon immer gemocht. Andere Menschen lieben den Frühling, weil er so voller Versprechen liegt. Mir gefällt der Herbst besser. Er ist ehrlicher. Versprechen kann man viel, ohne es einzuhalten. Der Herbst dagegen zeigt, was er geben will. Da ist nichts Falsches dran. Entweder die Ernte ist gut, oder sie ist es nicht. Bitteschön, arrangiert euch damit, scheinen die Obstbäume zu sagen und lassen ihre Früchte zu Boden plumpsen. Die Ähren stehen trotz hängender Köpfe stramm, voll von reifem Korn. Über die Gärten ziehen die Rauchfäden der Kartoffelfeuer. Überall wird emsig für den Winter gesammelt. Ich mag den Herbst! Mir ist ein Korb voll reifer Boskop-Äpfel jedenfalls lieber als die blassrosa Blüten im Frühjahr.

Ich war nicht immer so, natürlich nicht. Niemand geht völlig ohne Illusionen durchs Leben. Ich kann mich nur kaum noch an die Zeit erinnern, als Versprechen mir etwas bedeuteten. Das liegt wohl daran, dass ich nur ungern über meine Fehler spreche. Vielleicht will ich ganz einfach nicht zugeben, dass ich mich habe täuschen lassen?

Über vierzig Jahre lebe ich jetzt schon auf dem Meierhof. Ich war noch keine zwanzig, als ich Gottfried Meier zum ersten Mal begegnete. Er sah glänzend aus, so dunkel, und dabei hatte er graue Augen, wie aus Stahl. Ich ließ mich von ihm blenden, gern sogar! Schließlich hätte er jede haben können, aber er wählte mich. Dass unser Ausflug vom Schützenfest in die Scheune vor dem Traualtar enden würde, hätte ich nicht gedacht. Aber was wusste man damals schon von Verhütung? Mein einziger Trost ist, dass Norbert, mein Sohn, die schönen grauen Augen seines Vaters geerbt hat. Er kommt viel zu selten zu Besuch!

In der Scheune war das einzige Mal, dass Gottfried mich so anfasste, wie ein Mann das mit seiner Frau tun sollte. Später, als wir dann verheiratet waren, sollte ich ihn immer befriedigen, mit dem Mund, wie eine Hure. „Wir wollen doch nicht so viele Kinder, Frieda," sagte er immer und drückte meinen Kopf in seinen Schoß. Ich fand das widerlich, manchmal musste ich mich danach übergeben. Zum Glück ist Gottfried mit den Jahren immer lustloser geworden. Jedenfalls, was DAS betrifft.

Irgendwie fehlten mir immer die Worte. Gesine ist da ganz anders. Neulich habe ich sie beiseite genommen, weil ich wissen wollte, ob wenigstens mein Norbert nicht so wie sein Vater im Bett ist. Das hätte ich nicht gewollt. Gesine ist eine gute Schwiegertochter! Aber Kinder haben sie nicht. Sie hat zuerst gar nicht verstanden, was ich meinte. Und dann hat sie gelacht. Ich war richtig betroffen, bis sie sagte: „Aber Mutter, ich lache dich doch nicht aus!" Und dann hat sie mir Dinge erzählt, die kann ich gar nicht wiedergeben. Schon wenn ich daran denke, werde ich rot.

Seitdem fühle ich eine unbändige Wut im Bauch. Vor allem auf Gottfried, aber auch darauf, dass ich das alles vierzig Jahre ertragen habe. Jetzt bin ich fast sechzig, und vielleicht muss ich mal sterben, ohne jemals Liebe erfahren zu haben. So alt wie ich bin, da finde ich doch keinen mehr. Vielleicht den Kassierer bei der Sparkasse? Der ist schon lange verwitwet und zwinkert mir immer so nett zu, wenn ich Geld abholen komme. Vom Alter her würde er zu mir passen. Ob der weiß, was Gesine mir erzählt hat? Aber dann ist da ja auch noch Gottfried.

Er sitzt mir gegenüber und sieht mich gar nicht. Mich nicht und das Essen nicht. Blind schaufelt er es in sich hinein. Es ist Sonntag, da mache ich immer einen Braten mit Salzkartoffeln und Mohrrüben. Stunden stehe ich dafür in der Küche, kriege ganz rote Hände vom kalten Wasser beim Gemüseputzen. Aber Gottfried schlingt, als ob es Schweinefutter wär. Auch den Wackelpeter mit Waldmeistergeschmack schiebt er gedankenlos in sich hinein. Unappetitlich sieht das aus, wenn ihm die kleinen grünen Geleestückchen übers Kinn rutschen. Er hat noch nicht einmal Zeit, die Serviette zu benutzen, um die Reste abzuwischen. Den Hemdsärmel nimmt er dafür. Frieda wäscht es ja wieder.

Ich sitze ihm gegenüber und bekomme keinen Brocken hinunter. Ausgiebig betrachte ich ihn. Von dem jungen Mann, der beim Schützenfest so schön die Muskeln spielen ließ, ist wenig übrig. Fett ist Gottfried geworden, aufgedunsen und kahl. Die kräftigen dunklen Haare sind zu einem grauen Flaum geworden, von dem auch nur noch ein spärlicher Kranz seinen Schädel schmückt. Dafür kann er ja nichts. Ich will nicht ungerecht sein. Und Glatzen müssen ja auch nicht hässlich aussehen. Es gibt durchaus Männer, die anziehend mit Glatze wirken. Yul Brynner zum Beispiel. Oder ist der schon tot? Aber Gottfried steht nicht zu seinem fast blanken Schädel. Noch heute spielt er lieber den Blender. Als hätte er den Frühling mitsamt seinen Versprechungen gepachtet, frisiert er den Hauch von Haar, der ihm noch auf dem Kopf wächst, umständlich nach oben. Jeden Morgen kleistert er ihn mit Gel an seiner Kopfhaut fest. Wem er damit wohl was vormachen will? Ein Windstoß und alles war sowieso vergebene Mühe.

Seine schönen grauen Augen sind das Einzige, was heute noch anziehend sein könnte, wenn sie nicht in einem so aufgeschwommenen Gesicht säßen. Seit er Rente bezieht, rührt er sich kaum noch. Frührentner ist er geworden, weil sein Herz so schwach ist. ‚Herzrhythmusstörungen' sagt der Arzt, ich würde es ganz einfach Herzverfettung nennen.

Plötzlich halte ich es nicht länger aus. Ich lasse alles liegen, gehe in den Flur, hole meinen Mantel und laufe in den Wald. Ganz außer Atem komme ich an meinem Lieblingsplatz an.

Hier am Waldrand, wo die Buchen so schön breit gewachsen sind, saß ich schon als junges Mädchen gern. Ich bin mit unserem Wald verwurzelt. Wenn ich denke, dass schon unzählige meiner Vorfahren unter diesen Bäumen träumten, fühle ich mich auf besondere Weise mit diesem Fleck Erde verbunden. Immer habe ich hier Trost gefunden, Kraft geschöpft. „Der Wald sorgt für seine Kinder," sagte meine Großmutter, wenn wir zusammen

Heidelbeeren sammeln oder Pilze suchen gingen. Mein Großvater schoss sogar ab und zu einen Hasen, obwohl das verboten war. Den haben wir dann sonntags heimlich gegessen. Das war ein Fest!

Langsam beruhige ich mich. Mein Atem wird regelmäßiger, die Züge länger. Mit fast sechzig sind meine schönsten Erinnerungen noch immer die aus meiner Kinderzeit. Nicht ein einziges Mal in den vierzig Jahren, die ich nun mit Gottfried auf dem Meierhof lebe, habe ich etwas wirklich Schönes erlebt. Noch nicht einmal Norberts Geburt, das tat viel zu weh!

Die Erinnerung an die langen Streifzüge durch den Wald an der Seite meiner Großmutter weckt etwas in mir, was ich noch nicht benennen kann, fast so etwas wie ein noch weit entferntes Ahnen.

Als ich nach Hause komme, liegt alles noch so da, wie als ich losgelaufen bin. Gottfried schnarcht mit offenem Mund in seinem Lieblingssessel. Der Fernseher läuft. Auf dem Stubentisch trocknen die Essensreste an den Tellern. Ich beginne, den Mittagstisch abzuräumen. Beim Abwasch reift ein Entschluss in mir. So wie die weißen Teller mit ihrem Goldrand plötzlich wieder im Licht der späten Nachmittagssonne funkeln, als ob nie eine Soße sie bekleckert hätte, will ich mich von den vierzig Ehejahren reinwaschen. Ich will Gottfrieds Nähe nicht mehr ertragen müssen, will nie wieder seine unbezahlte Magd sein. Ich will ihn loswerden! Aber nicht durch eine Scheidung. Das sehe ich gar nicht ein, dann würde ja nur die Hälfte von dem Hof an mich fallen, auf dem doch ich allein so viele Jahre geackert habe. Da muss es noch einen anderen Weg geben! Wieder kreuzt die Erinnerung an meine Großmutter meine Gedanken. Und plötzlich weiß ich, wie ich mir meinen Mann vom Hals schaffe. Ich muss nur Geduld haben, bis der Herbst kommt.

An einem windigen Tag Ende September ziehe ich los. Es ist genau richtig. Erst vor kurzem hat es sehr viel geregnet, und nun scheint trotz des Windes seit drei Tagen die Sonne. Es zieht mich in meinen Buchenhain. Ich habe ein Gefühl, als leite der Geist meiner Großmutter mich.

In einer Senke zwischen altem Laub werde ich fündig. Ein Prachtexemplar eines Cortinarius Orellanus wächst dort. Meine Großmutter legte immer großen Wert auf Bildung. Alle Pilznamen musste ich auf Latein wissen. Als ob mir das was in meinem Leben genutzt hätte. Aber sie war da eisern, hatte wohl große Pläne für ihre Enkeltochter.

Der Cortinarius Orellanus misst bestimmt sieben Zentimeter! Gelblich leuchtet sein Fleisch inmitten der braunen Buchenblätter. Ein bisschen riecht er nach Radieschen, gemischt mit etwas Süßem, schwer Definierbarem. Vorsichtig drehe ich ihn aus dem Boden und lege ihn in mein Weidenkörbchen.

Dann gehe ich weiter, an den Stämmen der alten Eichen müsste ich jetzt noch ein paar der Sorte Fistulina Hepatica finden. Die mag Gottfried besonders gern, manchmal isst er sie sogar roh. Der Herbst meint es gut mit mir, ich sammele genug für eine Mahlzeit. Und dann stoße ich auf dem Heimweg direkt bei meinen Lieblingsbuchen auch noch auf eine Gruppe von Amanita Phalloides. Die wachsen eigentlich nur im Sommer. So spät im Jahr habe ich sie noch nie gesehen.

Gottfried schlingt wie immer, ohne hinzuschauen. Eine Gabel nach der anderen schiebt er sich, beladen mit Pilzragout, in den gierigen Schlund. Ich brauche jetzt nur noch abzuwarten. Es wird nicht lange dauern. Der Herbst macht keine leeren Versprechen, auf seine Früchte ist Verlass! ‚Herzversagen' wird der Arzt auf den Totenschein schreiben, da habe ich gar keine Zweifel!

MÄNNERSACHE

Der Aufprall war dumpf und im Nu vorbei. Ich hatte mir die Sache viel komplizierter vorgestellt. So wie damals, als ich in Elbingerode aus Versehen ein Kalb angefahren hatte. Das war furchtbar gewesen. Vor allem, weil ich das arme Tier nicht voll erwischt hatte. Damals hatte ich wenden müssen, um es ganz tot zu fahren. Mit Roberto war das anders. Es ging so überraschend schnell und einfach. Wie im Film. Ich musste eigentlich gar nichts anderes tun, als den Fuß fest auf das Gaspedal gedrückt zu halten. Er stand genau an der verabredeten Stelle. Wieso der geglaubt hatte, ich wolle mit ihm bei stockdunkler Nacht auf und davon und ein neues Leben anfangen, ist mir heute noch schleierhaft. Geld hatte er keins zu bieten, und so ein guter Liebhaber war er ja nun auch nicht. Aber so sind die Männer: zu sehr von sich selbst eingenommen. Und das ist dann oft ihr Verhängnis.

Ich hatte ihm gesagt, er solle an der Landstraße nach Ronda auf mich warten, da, wo sie sich vom Meer schon weit in die Berge gefressen hat. Tagsüber quälen sich die Touristen dort in wahren Blechlawinen durch die Sierra, aber nachts kommt auf dieser kurvenreichen Strecke kein Mensch vorbei. Das hatte ich drei Nächte zuvor ausgekundschaftet. Ich wollte ja nichts riskieren.

Diese bestimmte Nacht war sternenklar, aber ansonsten gab es außer den Scheinwerfern des Mietwagens, den ich fuhr, keine weitere Lichtquelle. Es war Neumond. Als ich das verabredete Zeichen gab, dreimal rasch hintereinander aufblenden, trat Roberto sofort aus der Parkbucht hervor. Ich sah seine Umrisse genau. Selbst die kräftigen Locken konnte ich erkennen. Sie erinnerten mich an einen Kranz. Oder an einen Heiligenschein. Er hatte die Angewohnheit, ständig eine angezündete Zigarette im Mund zu halten. So auch diesmal. Die glühende Spitze war mir das Schwarze einer Zielscheibe.

Soweit ich zurückdenken kann, waren Robert und ich jeden Urlaub nach Andalusien gefahren. Immer nach Marbella. Robert ist mein Mann. Meinen Latinlover Roberto hatte ich mir nur aufgrund seines Namens ausgesucht. So ungerecht kann das Leben sein, oder besser gesagt: der Tod. Meine Wahl war auf Roberto gefallen, weil ich mich nicht verplappern wollte. Manchmal sprach ich im Schlaf, und ein kleines ‚o' an seinem Namen konnte ich Robert immer erklären, zum Beispiel damit, dass ich mich nach so vielen Sommern im Süden schon ganz spanisch fühle. Aber einen Jorge oder Pedro glaubhaft zu machen, das wäre schwierig geworden. Robert sollte ja erst zum geeigneten Zeitpunkt von Roberto erfahren.

Ich hatte lange gebraucht, bis mir der Plan perfekt erschien. Ich glaube, der Keim dazu war schon vor Jahren in Elbingerode gelegt worden. Ich wollte noch einmal dieses prickelnde Gefühl haben, Herrin über Leben und Tod zu sein. Wie damals, als ich zum zweiten Mal über das Kalb fuhr. Vor allem aber wollte ich Robert loswerden, den ohne ‚o'.

Einen Liebhaber in Andalusien zu finden ist leicht. Selbst für eine Endvierzigerin, deren Hüften und Hintern schon schlankere Zeiten gesehen haben, wie Robert immer sagt. Wenn der gemeine Südspanier ‚soy alemana' hört, versteht der das glatt als Einladung. Das hatte uns unser Lehrer im Volkshochschulkurs mit in den Spanienurlaub gegeben. Das und den Tipp, lieber ‚soy austríaca' - ich bin Österreicherin - zu sagen. Es läge daran, dass so viele sexuell befreite Nordeuropäerinnen an der Costa del Sol Urlaub machten, als das Land südlich der Pyrenäen von seinen Politikern noch als spirituelle Reserve Europas gehalten wurde, hatte unser Lehrer erklärt. Und wenn eine Nation erst einmal ihren Ruf weg hat, ist das schwer wieder zu ändern. Das verstand ich gut. Ist doch umgekehrt genauso. Wie zum Beispiel das mit dem heißblütigen Don Juan, der in sämtlichen Stellungen ein Ass ist. Das stimmt ja auch nicht, wie ich jetzt gelernt habe.

Roberto war mir in der Stranddisco aufgefallen. Er trug knallenge weiße Jeans, dazu ein geblümtes, halb offenes Hemd. Auf seiner über und über mit schwarzen Haaren bewucherten Brust baumelten gleich mehrere Goldkettchen. Eines mit Kreuzanhänger. Ich glaube, das Kreuz hatte den Ausschlag für meine Wahl gegeben. Weil ich als Kind ein paar Jahre in einer von Nonnen geführten Schule Unterricht gehabt hatte. So was prägt. Für's Leben. Außerdem suchte Roberto die Tanzfläche mit diesem typisch hungernden Blick ab. Leichter hatte er es mir kaum machen können. Als er mir dann auch noch seinen Namen ins Ohr flüsterte, nahm ich das als Zeichen für gutes Gelingen.

Es lief dann auch alles superschnell. Schon eine halbe Stunde nach den beiden Zauberwörtchen ‚soy alemana' lagen wir vom ersten Beischlaf atemlos am Strand. Das hatte ich mit eingeplant, den Beischlaf meine ich, nicht, dass es so schnell gehen würde. Das war ja wie bei Robert. Da lag ich auch immer stundenlang wach und streichelte mich noch selbst, während er schon schnarchte. Ohne das Vögeln wäre wohl kaum ein Mann auf meinen späteren Vorschlag, bei Nacht und Nebel ein neues Leben zu beginnen, eingegangen. Das war der Preis, den ich zahlen musste. Das und sämtliche sündhaft teuren Shoppingtouren, zu denen ich Roberto einlud. Er sollte schließlich glauben, es warte ein Leben ohne Arbeit an der Seite einer Sugarmama auf ihn.

Später würde mir all das Geld, das ich in ihn investierte, zugute kommen. Auch das hatte ich eingeplant. Schließlich würde kaum ein Polizist glauben, ich hätte Roberto nur deshalb so schön eingekleidet, um ihn später überfahren zu können. Und gleichzeitig war das geplünderte Konto ein Grund mehr für meinen Mann, sauer zu sein. So sauer, dass selbst ein Mord in Frage käme.

Zwei Tage nach Robertos Tod stand ein kurzer Aufruf der Polizei in verschiedenen Sprachen in unserer Hotelzeitung. Unter einer reichlich unscharfen Aufnahme von Roberto stand, ein bisher unbekannter Mann sei auf der Landstraße nach Ronda tödlich angefahren worden, der Täter habe

Fahrerflucht begangen. Für sachdienliche Hinweise stehe Inspektor Sanchez zur Verfügung. Eine Telefonnummer war auch angegeben. Die schrieb ich mir auf. Für alle Fälle. Mein nächster Schachzug sollte eine Bewegung mit Dame sein.

Ich lag auf der gemieteten Strandliege, als ich die Notiz zum wiederholten Male las. Die Wellen des Mittelmeeres plätscherten beruhigend rhythmisch gegen den künstlich aufgeworfenen Sandstrand unserer Hotelanlage. Neben mir roch es unangenehm süß nach tropischen Ölen: Frau Lehmann. Sie und ihr Mann Lothar waren unsere Urlaubsbekanntschaft in diesem Jahr. Wir gingen meistens abends zusammen an das Buffet und später noch zum Tanz. Dass ältere Ehepaare im Urlaub so ungern zu zweit sind, liegt vermutlich daran, dass ihnen über die Jahre sämtlicher Gesprächsstoff ausgegangen ist. Wenn ich mit Robert allein bin, schweigen wir uns meist an. Da höre ich dann lieber die Geschichten, die Frau Lehmann von ihrer Fleischtheke im Supermarkt zum Besten gibt. Man kann sich nicht vorstellen, was da alles außer Bierwurst und Kassler über den Tresen geht. Sämtliche Fäden des gesellschaftlichen Lebens ihrer Heimatstadt Hattorf liefen augenscheinlich an ihrem Fleischtresen zusammen. „Einen Braten braucht eben jeder früher oder später," sagte sie immer. Als ob das eine Erklärung wäre.

Ingrid Lehmann sah aus, als hätte sie in ihrem Leben schon zu viele Würstchen und Wiener Schnitzel genascht. Ihre Fleischmassen wogten und wabbelten bei jeder mühsamen Drehung auf der

Strandliege. Aber sie hörte gern zu und konnte, nach dem Klatsch, den ich jetzt schon von ihr gehört hatte, kaum ein Geheimnis für sich behalten.

„Ingrid," murmelte ich - wir hatten uns beim zweiten gemeinsam aus Strohhalmen gesaugten Sangria das Du angeboten - „hast du das gesehen?"

Ich hielt ihr Robertos Foto direkt unter die Nase. Ich war mir sicher, dass sie mich in der Nacht, in der ich Robert endlich hatte provozieren müssen, auch mit Roberto gesehen hatte; und hoffte, sie würde ihn erkennen.

„Mensch, das könnte glatt ein Bruder von dem Typ sein, wegen dem Robert neulich so eine Szene gemacht hat!" Sie richtete sich etwas auf und starrte mich mit weit aufgerissenen Augen an. Genau das hatte ich erwartet und erhofft.

„Ich habe ihn seit drei Tagen nicht mehr gesehen," flüsterte ich. „Wir hatten uns eigentlich für vorgestern Abend verabredet, aber er kam nicht..." Mit einem heiseren Schluchzer brach ich ab. Ich benutzte absichtlich einen so vertrauten Ton, denn je vertraulicher Ingrid etwas gesagt wurde, umso lieber glänzte sie mit diesem Wissen.

„Was denn! Ich denk da war nichts! Du hattest doch Robert unter Tränen geschworen, dass da nichts war!" Sie schrie beinahe vor lauter Aufregung. Das war ein Tratsch, wie er wohl selbst an ihrer Fleischtheke nicht oft vorkam.

„Sei doch still!" Meine eigene Stimme hörte sich an wie das Zischen einer Schlange. Ich musste vorsichtig sein, durfte nicht zu viel sagen, nur so viel, dass sie sich einen Reim auf Robertos Tod machen konnte und vielleicht mit diesem Reim Inspektor Sanchez aufsuchte.

Am Abend saßen wir wieder in unserer Viererrunde beim Essen. Ingrid rutschte unaufhörlich auf ihrem Sitz hin und her.

„Was hast du denn, Muttchen?“ Lothar sah seine Ingrid aufmerksam an.

Wie ich diese Angewohnheit älterer Ehepaare, sich mit Mutti oder Paps anzureden, hasste! Robert hatte auch einmal damit angefangen.

Anscheinend hatte Ingrid sich vorgenommen, Detektiv auf eigene Faust zu spielen. Wie harmlos begann sie, Robert nach dem Mietwagen zu fragen.

„Sag mal, Robert, ihr habt doch einen Mietwagen, meinst du, den könntet ihr uns morgen mal ausleihen? Wir wollen einen Ausflug nach Ronda machen, und nur für einen Tag lohnt sich das Leihen doch nicht.“

Ehe Robert etwas sagen konnte, warf ich schnell ein: „Ich glaube kaum, dass er den hergibt, da darf ich ja noch nicht einmal ans Steuer! Weil nur Robert als Fahrer eingetragen ist,“ fügte ich erklärend hinzu.

Robert sah mich überrascht an. Dass ich einmal auf seiner Seite stehen würde, hatte er wohl kaum erwartet.

Wir lebten nun seit über zwanzig Jahren zusammen. Glücklich konnte man unsere Ehe kaum nennen. Wir waren einfach zu verschieden. Robert war oft so hausbacken, um nicht langweilig zu sagen. Und mich wünschte er ebenso ruhig. Ich glaube, seine Vorstellung einer rauschenden Nacht war ein Abend mit Kartoffelchips und Korn vorm Fernseher. Ich hatte mir eigentlich mehr vom Leben versprochen. Nachdem Christa, unsere Jüngste, ausgezogen war, hatte ich einmal vorsichtig ein paar Bemerkungen in Richtung Trennung fallen lassen.

„Wenn du das tust, bring ich dich um!“ war alles, was meinem Mann zum Thema Scheidung eingefallen war.

Da wollte ich lieber nichts riskieren. Man weiß ja, wie unberechenbar so augenscheinlich stille Wasser sind. Unter Roberts scheinbar friedlicher Oberfläche brodelte ein jähzorniger Vulkan, das hatte ich schon früh zu spüren bekommen. Die Nachbarn meinten, ich sei einfach tollpatschig.

„Nein, da ist die Hannelore schon wieder so unglücklich gestolpert,“ war alles, was ihnen zu meinen blauen Flecken einfiel. Zu oft kam es ja auch nicht vor.

Ingrid insistierte nicht weiter. Sie schaute mich nur durchdringend an. So als wolle sie mir unbedingt etwas mitteilen.

„Ich muss mal eben schnell für kleine Mädchen, kommst du mit, Hannelore?“

„Da ist was faul, das riech ich!“ sagte sie immer wieder, während sie vor dem Toilettenspiegel ihren Lippenstift nachzog. „Der will keinen an den Mietwagen ranlassen, weil er damit Roberto umgebracht hat. Ich hab doch gesehen, zu was der fähig ist, als er dich beim Tanzen erwischte. Wären nicht Lothar und der Barmann dazwischengegangen, hätte er dich krankenhausreif geschlagen! Dein

Veilchen leuchtet ja immer noch dunkelblau. Du musst was tun, Hannelore! Sonst geh ich zur Polizei!“

Natürlich tat ich nichts. Im Gegenteil. Ich verteidigte Robert, so gut ich konnte. Alles andere wäre ja auch zu auffällig gewesen.

„Señora Di-e-bel, ich muss Sie dringend sprechen.“ Inspektor Luis Sanchez sprach meinen Nachnamen dreisilbig aus, das lag daran, dass es im Spanischen keine zusammengesprochenen Vokale gab, auch das hatte ich im Volkshochschulkurs gelernt. Ansonsten war sein Deutsch einwandfrei. Er sah umwerfend gut aus. Trotz des beachtlichen Bauchansatzes, der über seinen Hosengürtel quoll. Seine tiefblauen Augen blickten gütig. Wie die eines Bernhardiners, wären sie nicht so blau gewesen. Er war ein Mann, dem man am liebsten sämtliche dunklen Windungen seiner Seele offenbart hätte. Da musste ich auf der Hut sein. Andrerseits wirkte er wie der starke Beschützer. Eine Frau als Täterin kam für diesen Typ Mann kaum in Frage, wagte ich jedenfalls zu hoffen.

„Frau Di-e-bel, wir haben an Ihrem Mietwagen Spuren eines Unfalls entdeckt. Können Sie mir sagen, wo sich Ihr Mann in der Nacht zum Freitag aufgehalten hat?“

Ich sah ihn an, als verstünde ich nicht ganz, was er mich da fragte. Für Frauen ist es ja leicht, die Naive zu mimen. Natürlich wusste ich, dass Ingrid mit ihren Vermutungen zur Polizei gegangen war. Sie und Lothar hatten Robert und mich in den vergangenen Tagen gemieden. Ich hatte sie weder am

Strand noch abends beim Buffet getroffen. Einmal hatte ich versucht, sie in ihrem Hotelzimmer anzurufen, aber sie hatte gleich wieder aufgelegt, als sie meine Stimme erkannt hatte. Da hatte ich gewusst, dass es nun nicht mehr lange dauern würde.

„Frau Di-e-bel, wenn Sie etwas wissen, müssen Sie mir das sagen!“ Ich blickte ihn noch immer an wie ein geblendetes Reh.

„Oh, ich weiß nicht genau, am Freitag sagen Sie?“

„Nein, in der Nacht zum Freitag.“ In den gütigen Ausdruck seines Blicks mischte sich etwas Stählernes. Sein Kinn war breit und kräftig. Es erinnerte mich plötzlich an das eines Pitbull-Terriers. Hatte er sich einmal festgebissen, ließ er nicht wieder los. Nur gut, dass er sich an Robert festgebissen hatte.

„Ich glaube, an dem Abend hatte ich Kopfschmerzen. Ich nahm Schlaftabletten und kann mich an nichts erinnern. Ich glaube, mein Mann sah in unserem Zimmer fern. Aber mit absoluter Sicherheit kann ich das natürlich nicht sagen.“

In Wirklichkeit hatte ich Robert beim Abendessen die Schlaftabletten in seinen Espresso gerührt. Er schimpfte sowieso immer über den bitteren Geschmack des andalusischen Kaffees und hatte nichts gemerkt. „Die rösten die Bohnen zu stark,“ beschwerte er sich immer.

Gegen Mitternacht schnarchte Robert gegen die Lautstärke unseres Fernsehers an. Den hatte ich laufen lassen und war zu meiner Verabredung mit Roberto in den Bergen gefahren.

„Ihr Mann behauptet ebenfalls, sich nach dem gemeinsamen Abendessen mit Herrn und Frau Lehmann an nichts erinnern zu können. Frau Lehmann dagegen konnte sich sehr gut an eine gewisse Szene beim Tanz vor wenigen Tagen erinnern. Frau Di-e-bel, wir wissen, dass Sie mit dem Toten mehr als gut bekannt waren. Wir haben Aussagen in Boutiquen gesammelt. Sie wissen doch sicher, was ich damit zum Ausdruck geben möchte?“

Natürlich wusste ich das. Ich hatte ja mit Absicht die total Verliebte gegeben.

„Wir wissen auch, dass Ihr Mann sehr eifersüchtig ist. Decken Sie ihn nicht! Sollte sich ergeben, dass die Unfallspuren an Ihrem Mietwagen mit der Fahrerflucht in der Nacht zum Freitag in Zusammenhang stehen, wird ihr Mann vorläufig festgenommen werden. Wollen Sie nicht doch helfen, den Vorgang aufzuklären?“

Ich gab meinem Blick etwas Flehendes, als ich „aber er ist doch mein Mann,“ hauchte. Inspektor Sanchez verstand das ganz in meinem Sinn.

Zwei Tage später war es soweit. Robert, der immer nervöser geworden war, je dichter sich die Indizien gegen ihn zusammenzogen, wurde in Handschellen aus unserem Hotel abgeführt. Ich glaube, er hatte am Ende selbst Zweifel an seiner Unschuld. Schließlich konnte er sich an die fragliche Nacht überhaupt nicht erinnern. Das konnte, wie ich ihm einmal in bester Absicht zu verstehen gab, sehr gut mit der im Unterbewusstsein versteckten Schuld zusammenhängen. Dass ich mich gegen sein Verbot hinter das Lenkrad unseres

Mietwagens gesetzt haben könnte, wäre ihm nie in den Sinn gekommen. Geschweige denn, dass seine Hannelore, dieses zimperliche Weib, das einmal aus Versehen ein Kalb tot gefahren hatte und allein bei dem Gedanken an dieses Unglück immer gleich in Tränen ausbrach, in der Lage wäre, einen Mord eiskalt zu planen und auszuführen.

Ihm nicht und auch dem Inspektor der spanischen Polizei nicht. Als ich mich eine Woche später bei Luis Sanchez abmeldete, um meinen gebuchten Rückflug nach Deutschland wahrzunehmen, hatte ich ihn spielerisch gefragt, ob ich als Täterin denn nicht in Frage käme.

„Frau Di-e-bel," hatte er sehr ernst geantwortet, „scherzen Sie nicht! Mord und noch dazu ein so kaltherzig begangener ist Männersache."

Inspektor Luis Sanchez war mir dadurch noch sympathischer geworden.

Über die Autorin

Angelika Stucke (Eddinghausen, 1960), ist von Haus aus Dipl.-Sozialpädagogin und Dipl.-Sozialarbeiterin und lebt seit 1987 als freie Autorin in Spanien. Kurzgeschichten hat sie bislang nur in spanischen Zeitschriften veröffentlicht. Dies ist ihr erstes deutsches Belletristikbuch.

Titelbild

Die Titelgrafik stammt von der in New York lebenden amerikanischen Malerin Catherine Cole. Die phantastischen Bilder der renommierten Künstlerin können unter www.ccole.com angesehen werden.